L'IDÉAL

Frédéric Beigbeder est né en 1965. Romancier, feuilletoniste au *Figaro magazine* et directeur de la rédaction du magazine *Lui*, il est notamment l'auteur de *L'amour dure trois ans* (1997), qu'il a porté à l'écran en 2012, *99 francs* (2000), adapté au cinéma en 2007, *Windows on the World* (2003, prix Interallié), *Un roman français* (2009, prix Renaudot) et *Oona & Salinger*.

Paru dans Le Livre de Poche :

5,90 €

L'amour dure trois ans

Dernier inventaire avant liquidation

Oona & Salinger

Premier bilan après l'Apocalypse

Un roman français

La Trilogie Marc Marronnier

Vacances dans le coma

Windows on the World

FRÉDÉRIC BEIGBEDER
de l'Académie des Lettres pyrénéennes

L'Idéal

ROMAN

Préface de Marin de Viry

Édition revue par l'auteur

GRASSET

Ce livre a précédemment paru
aux éditions Grasset et au Livre de Poche
sous le titre *Au secours pardon*.

© Éditions Grasset & Fasquelle, 2007.
© *Revue des Deux Mondes*, juin 2007,
pour la préface de Marin de Viry.
ISBN : 978-2-253-06795-5 – 1re publication LGF

Préface

par Marin de Viry, de la *Revue des Deux Mondes*

Reconstituons, dans l'ordre logique sinon chronologique :

1. Au début des temps, émerge de l'institut d'études politiques de Paris, de la bonne ville de Neuilly, du divorce de ses parents, d'un menton qu'il récuse, d'être le petit frère du grand, du refus de devenir banquier, d'avoir eu, petit, les joues pincées et le nez embrassé du bout des lèvres par des créatures divines de l'entourage de son père, d'un excès de disponibilité, et probablement d'une personnalité intrinsèquement perverse, un romancier : Frédéric Beigbeder. De là *Mémoires d'un jeune homme dérangé* (1990), et *Vacances dans le coma* (1994).

Premières impressions de lecture : charisme et *zapping*, *happening* nocturne, affolement, début de syncope et de suffocation (nous parlons du style, pas du couple cœur-poumon). C'était très bien, mais ça aurait pu s'arrêter là si ça avait continué comme ça, si vous voyez ce que je veux dire.

Mais ça ne s'arrête pas, et tant mieux.

2. Capitalisant sur une réputation naissante de cracheur dans la soupe, l'auteur sape les bases du mariage catholique, apostolique et romain, dans un ouvrage intitulé *L'amour dure trois ans* (1997), en démontrant la fonction linéaire suivante (qui n'était avant Beigbeder qu'une hypothèse impie) : un homme marié dont l'âge est égal ou supérieur à 40 ans a une femme dont l'âge est deux fois supérieur à celui des maîtresses futures de son mari, qui va d'ailleurs foutre le camp avec l'une d'entre elles. Les spécialistes cherchent le moyen de calculer l'impact de la parution de ce roman sur l'accélération de la divortialité rive gauche : tout le monde est d'accord pour dire qu'il est énorme. L'auteur devient un enjeu pour l'Église catholique, à laquelle il accordera une interview nonchalante, bien après qu'il eut commis les dégâts susvisés (*Je crois, moi non plus*, dialogue avec monseigneur di Falco, 2004).

3. Mariant un sens inné de l'ingénierie de la provocation avec un souci d'introduction du réel dans le roman, notre homme produit *99 francs* (2000), devenu *14,99 €*, qui déchenille l'agence de publicité dans laquelle il travaille. Jean Dujardin, avec son génie du rire idiot, nous enchanta avec ça en septembre 2007.

Littérairement, c'est la période a) carré VIP, car Beigbeder fait dans la chronique *people*, et b) chercheur de pointe dans le domaine de la mutation du bacille de la peste germanopratine, car il démontre que l'existentialisme ne tient pas la route face à Louis Vuitton, ce dernier bouffant le premier selon une loi historique qui s'inscrit sur les murs de la rue Saint-Benoît, dans ses romans, et dans les têtes des soixante-huitards. Du *logos* au logo (quelqu'un a sûrement déjà dit ça quelque part, je ne me sens pas trouver ça tout seul).

4. *Windows on the World* (2003) ferme la période « personnage-écrivain » (dont l'ultime avatar est pourtant postérieur, allez comprendre, il s'agit de *L'Égoïste romantique* paru en 2005, sorte de recueil de haïkus cokés marquant un rite de passage à l'âge adulte, d'ailleurs très drôles et spirituels), et ménage l'entrée de Beigbeder dans le rôle de « l'écrivain-personnage ». En pub, ça s'appelle un *brand switch*. Dans le monde normal, ça veut dire qu'il arrête de déconner parce qu'il s'est rendu compte qu'il a du talent et une seule vie. *Windows on the World* est le *nine eleven* vu de la banlieue de l'Occident, je veux dire la France, et de la banlieue de cette banlieue, Paris, et de la banlieue de la banlieue de cette banlieue, la tour Montparnasse. Beau texte, poétique, haletant, quelque chose comme le tragique mis à la portée des touristes, l'histoire expliquée aux étriqués. Le tremblement de terre de Lisbonne vu par Bret Easton Ellis.

5. On y arrive, on y arrive. Dans les quatre phases qui précèdent, un narrateur tient lieu de fil rouge, on en retrouve l'histoire de roman en roman. Ce narrateur est un irresponsable qui se dénigre. Qui fuit puis revient au centre de la scène,

où il s'accuse au tribunal de l'humanité avant de courir vers les coulisses pour ne pas entendre un verdict qu'il sait sévère. Qui a intériorisé son indignité sans renoncer à son narcissisme. Qui est une espèce de paparazzo de lui-même. Esthétiquement, on a l'impression qu'il est photographié accidentellement par un Polaroid au moment où il l'arrache des mains de ses paparazzi intérieurs. Ça donne un poulpe myope sur fond d'abysses. Les derniers instants d'un apnéiste à cinquante centimètres du record du monde de profondeur. Un albatros mazouté.

C'est un Narcisse complexé, pour résumer. Un type qui se regarde dans l'eau et qui recule, effrayé, plutôt que de se noyer en pâmoison devant son image, comme dans la légende. Au lieu de se terminer tragiquement, la légende de Narcisse est détournée et ne se termine jamais, comiquement. Narcisse revient au bord de l'eau tous les jours pour s'y mirer, et tous les jours, en se voyant, il crie « au secours je suis ignoble » et part en courant. Je suis ignoble physiquement et moralement, mais je m'aime. Ce personnage de Quasimodo dans le spa du Ritz, de la Bête en thalasso, du monstre en analyse, est aussi profondément mimétique, profondément sensible à ce qu'il doit paraître et à ce qu'on pense de lui. Mais – et c'est là la différence, la grande différence –, à force de regarder la gamelle des autres, il finit par s'apercevoir qu'elle n'est pas mieux remplie que la sienne, contrairement à un personnage mimétique de base, qui trouve toujours de quoi relancer sa petite mécanique à convoiter la femme du voisin de palier et la bagnole du voisin de bureau. Chez le narrateur de Beigbeder, ce qui est beau, c'est que la blessure narcissique ne se referme jamais, et qu'il est lucide. Il comprend que ni en lui-même, ni dans l'imitation, il ne parviendra à la paix. Il est à mi-chemin du romantisme et du mimétisme. Il récuse le romantisme car il ne considère pas du tout son « moi » comme un absolu adorable, et il récuse le mimétisme, car il voit bien que la convoitise tous azimuts tourne à vide. Il trouve une solution insatisfaisante dans un dispositif fait de snobisme et d'exultation de la chair. Le snobisme procède de la déception qu'il a ressentie à observer ses modèles : « Intéressez-moi », dit le snob, et il ajoute : « Si vous pouvez mais personne ne peut ». L'exultation de la chair, le dévoilement public de ses conquêtes affolantes pour faire baver le manager fatigué en vacances à l'île de Ré, le « j'en ai plus que vous » permanent, permet de se venger de ses modèles décevants : le banquier qu'il n'a pas été, l'époux qu'il n'a pas été, le bon père de famille qu'il n'a pas été, le cadre performant qu'il ne sera jamais, le publicitaire arrogant qu'il a cessé d'être, le super-riche qu'il ne sera pas non plus, etc. À tous ceux-là, c'est-à-dire à tous ses lecteurs et à toutes ses propres incarnations possibles, le narrateur envoie du caviar et des lolitas à la gueule, à longueur de temps. Bref, un garçon construit sur la déception et la vengeance, comme n'importe quel consommateur contemporain. Et qui le sait.

À ce stade, les crétins s'arrêtent et le bon sens chrétien commence. Les crétins s'arrêtent parce qu'ils ne voient que l'insulte adressée à leur mode de vie, à leur misère sexuelle, à leur absence de talent ; et le bon sens chrétien commence, car il attend tranquillement la mutation de l'indigne en divin. Le bon sens chrétien, c'est l'idée de Thérèse d'Avila : Dieu a fait des petits pots et des grands pots, l'important à ses yeux n'est pas leur taille mais qu'ils soient tous remplis. Je dédie cette idée à tous ceux qu'énerve Beigbeder. Il faut tricoter patiemment des cache-nez pour les pauvres en attendant que les écrivains se hissent à hauteur de leurs promesses.

6. Laquelle mutation divine arrive, poussée par l'instinct artistique, qui incite à fendre la cuirasse, qui fait incliner à la sincérité, et veut tenter l'assomption de l'expérience personnelle dans l'universel. Mon petit refuge dans le snobisme et dans l'exultation de la chair, il va falloir l'enfumer un jour pour que je sorte parler à mes frères humains, se dit Beigbeder depuis qu'il a compris qu'il est un écrivain.

C'est le boulot d'*Au secours pardon*, et ça marche.

Madériser le matérialisme

7. Qu'est-ce qu'*Au secours pardon* ? C'est naturellement une histoire russe. Car où voudriez-vous qu'un snob partouzard extravasât son âme, ailleurs qu'en Russie ? Où le goret finit-il toujours par se pâmer au giron de son Dieu si ce n'est quelque part entre Moscou et Vladivostok, je vous le demande ?

Je ne dis pas que c'était facile à trouver, je dis juste que lorsqu'on veut faire exploser l'homme contemporain, dostoïevskien sans le savoir, dostoïevskien cosmétique, si j'ose dire, on va en cure métaphysique chez les poivrots. Précisons le concept de dostoïevskien cosmétique. Dostoïevskien, ça veut dire rongé par la haine mimétique jusqu'au désir de meurtre. Cosmétique, ça veut dire que le désir de meurtre a été transformé en désir de paraître plus beau et plus riche. Sur la scène du crime mimétique, la crème de jour a remplacé le poignard. Ça s'appelle le matérialisme. Or, la Russie a été inventée pour madériser le matérialisme. Ce grand pays postule que la révélation de notre indignité est favorisée par l'absorption d'alcool.

Au début du récit, le narrateur est au pire de lui-même, c'est-à-dire qu'il est chargé de traquer, puis de capturer en Russie la future Claudia Schiffer qui sera le *world point* d'imitation de toutes les femmes, pour la marque L'Idéal, le *global leader* des cosmétiques. Dans ses incarnations précédentes, le narrateur était odieux dans un périmètre restreint ; grâce à l'invention du fascisme cosmétique féminin universel, il est devenu une sorte de haut dignitaire du régime, à la capacité de nuisance beaucoup plus redoutable. Qu'est-ce que le fascisme cosmétique féminin ? C'est la fusion d'une chef, mondiale, et d'un peuple féminin, mondial, dans un projet totalement paradoxal et, partant, fascinant : chacune ne deviendra elle-même que si elle ressemble à la chef. La candidate au rôle de chef doit plaire à l'industrie cosmétique, qui en fera son égérie pour cinq ans au moins, sur tous les culs de bus du monde, tous les spots télé, tous les formats publicitaires sur Internet. Beigbeder nous offre des passages croustillants de *casting* photographiques où sont retoquées des créatures divines éligibles au rôle d'égérie mondiale : les cadres dirigeants de L'Idéal, harassés de boulot, sachant que personne n'a une idée précise du modèle, que ça n'a aucune importance, qu'il suffit qu'il n'entre pas en contradiction avec les préjugés d'un trop gros morceau des clientes potentielles, et qu'il cadre à peu près avec la conception esthétique générale qu'ils ont mis des milliards de dollars à imposer, se défoulent en éliminant des créatures qu'ils n'auront jamais le temps ni les moyens d'aborder.

Car la fausse vierge de la Rodina, qui focalisera toutes les haines et tous les phantasmes des femmes, des hommes et des nouvelles classes sexuelles montantes, ne se trouve pas sous les sabots d'un cheval. Le narrateur ratisse l'Empire, c'est-à-dire les lycées, en vain. La bonne piste lui sera fournie par un pope de sa connaissance, car notre héros ne manque pas de temps à autre de visiter un saint homme, pour s'accuser d'être une merde sur la dalle du Christ Sauveur. Et là il y a un truc entre le pope et le narrateur, et je vous laisse griller.

Chachlik *manichéen*

8. Car après vous avoir dit que l'élue s'appelle Lena et qu'elle est divine, il convient de suspendre

le dévoilement. Le roman a été imprimé le 10 mai, j'imagine au cours d'une cérémonie où l'on a tenté de parler à l'esprit de François Mitterrand en faisant tourner les rotatives, et le public sera autorisé à s'en repaître le 12 juin.

Disons tout de même un mot. Le narrateur se prendra un râteau avec Lena. Mais comme nous sommes en Russie, c'est un râteau ivre. Démarré, la coque fendue, l'ex-frêle esquif germanopratin devenu navire amiral du fascisme cosmétique flotte à peine au milieu d'une tempête d'ambivalence russe déchaînée : le pope est un enfoiré, le fol en Christ du coin un dealer de drogue, Léna la déesse-femme-enfant idéalisée par le narrateur est une *sex machine* plate et sans surprise ; bref tout et son contraire, un grand *chachlik* manichéen très poétique, où seuls les Russes ont le droit de ne pas s'y reconnaître. La plupart du temps, Beigbeder ne se sent plus guidé par ses haleurs habituels : je répète, le snobisme et l'exultation. Ils ont été empalés par des nouveaux riches hauts en couleur. Au contact de l'orthodoxie et du bar du Savoy, il espère par échappées poétiques la perspective séraphique d'une extinction du désir mâle (la PSEDM), mélange d'Absolut et d'ataraxie sidérale. Il extravague dans les cieux céruléens de Saint-Pétersbourg. Il brûle dans la tête ce qu'il a adoré dans le bas-ventre. C'est exaltant, c'est déglingué, c'est réussi.

Vous noterez que jusque-là, dans les romans de Beigbeder, soit le narrateur était un assassin, soit il était tué, comme dans *Windows on the World*. Dans *Au secours pardon*, il tente la synthèse. C'est le côté plan de Sciences Po de ce roman. Première partie : il convient d'éviter deux écueils, a) être assassiné car c'est dommage, et b) assassiner car c'est immoral. Deuxième partie : il convient donc de promouvoir une troisième voie intelligente à la française : a) se faire sauter, b) en même temps que ses victimes. Je n'en dis pas plus, j'ai déjà été trop loin.

9. Encore un petit pour la route quand même. Ce roman est une explosion nucléaire vue d'un atome d'uranium. La cohérence intime qui fait crac est branchée sur l'eschatologie qui fait boum. Ceci est une leçon pour les gens qui pensent qu'on ne peut pas faire un romancier avec un bourgeois de Neuilly. Mariez la fin du monde avec sa *midlife crisis*, introduisez du talent, l'influence revendiquée d'Ellis pour la syncope, un zeste de Gary pour la frustration sublimée, une lichette de Blondin pour le *in vino veritas*, l'héritage laïcisé de Bernanos pour le caractère sacré des promesses de l'enfance, la sainte Russie bien sûr, et vous obtenez le premier roman de Beigbeder dans lequel la connexion entre le lecteur et le récit n'est plus principalement à base de « je te tiens tu me tiens par mon brio mondain », mais est authentiquement poétique. On le savait, qu'il le ferait, mais on est content de le voir quand même.

© *Revue des Deux Mondes*, juin 2007.

À l'aide !

« Je n'ai qu'une visée : être libre. J'y sacrifie tout. Mais souvent, souvent, je pense à ce que m'apportera la liberté... Que ferai-je, seul parmi la foule inconnue ? »

Fédor Dostoïevski,
Lettre à son frère, 16 août 1839.

PREMIÈRE PARTIE

Hiver
(Zima)

« Donc, messieurs, nous sommes bien d'accord, dit-il en s'enfonçant dans son fauteuil et en allumant un cigare. Chacun de nous va raconter l'histoire de son premier amour. À vous de commencer, Serge Nicolaïévitch. »

Ivan TOURGUENIEV,
Premier amour, 1860.

1

C'est l'année de mes quarante ans que je suis devenu complètement fou. Auparavant, comme tout le monde, je faisais semblant d'être normal. La vraie folie surgit quand cesse la comédie sociale. C'était après mon deuxième divorce. Il me restait un peu d'argent; j'avais quitté mon pays. J'avais aimé, j'aimerais encore, mais j'espérais pouvoir me passer de l'amour, ce « sentiment ridicule accompagné de mouvements malpropres », comme dit Théophile Gautier. D'ailleurs j'avais arrêté toutes les drogues dures, je ne vois pas pourquoi l'amour aurait bénéficié d'une exception. Pour la première fois depuis ma naissance, je vivais seul, et j'entendais en profiter un instant. Je ressemblais peut-être à mon époque dénuée de structure. Je reconnais qu'il est fastidieux de vivre sans colonne vertébrale. J'ignore comment se débrouillent les autres invertébrés. J'avais grandi dans une famille décomposée, avant de décomposer la mienne. Je n'avais ni patrie, ni racines, ni attaches d'aucune sorte, à part une enfance oubliée, dont les photos sonnaient faux, et un ordinateur portable à connexion wifi qui me donnait l'illusion d'être relié au reste de l'univers. Je prenais l'amnésie pour le sommet de la liberté ; c'est une maladie assez répandue de nos jours. Je voyageais sans bagages et louais des appartements meublés. Vous trouvez sinistre de vivre dans des meubles que l'on n'a pas choisis ? Je ne suis pas d'accord. Ce qui est glauque, c'est de passer des heures dans des magasins à hésiter entre différentes sortes de chaises. Je ne m'intéressais pas aux voitures non plus. Les hommes qui comparent leurs cylindrées me font pitié ; le temps qu'ils perdent à énumérer des marques est effrayant. Je lisais des livres de poche en soulignant certaines phrases au stylo à bille, avant de jeter les deux à la poubelle (le livre avec le stylo). J'essayais de ne rien conserver ailleurs que dans ma tête ; j'avais l'impression que les choses m'encombraient, mais je crois que les pensées aussi, et qu'elles prennent davantage de place. Dans un garde-meuble de la banlieue parisienne, mes vieux postes de télévision étaient empilés dans des cartons, au fond d'un hangar en tôle ondulée. Sur mon agenda, je raturais les jours passés, comme un prisonnier grave les murs de sa cellule. Ne lisant plus les journaux français, j'apprenais les nouvelles avec des semaines de retard : « Ah bon ? Eddie Barclay est mort ? » Je passais des semaines sans sortir, seulement connecté au monde par des sites de pharmacie ou de spanking sur internet. Je n'ai rien mangé en 2005. Je croyais m'être débarrassé du passé comme on largue une femme : lâchement, sans lui faire face. Je m'imaginais citoyen mondial. Je prenais l'Europe pour un vieux monument qu'on pouvait visiter sans guide, seulement accompagné d'un GPS de poche, petite boîte noire d'où émanait la voix sévère d'une dame virtuelle : « À 500 mètres, préparez-vous à tourner à droite. » J'écrivais des cartes postales que je n'envoyais pas. Elles s'empilaient dans une boîte à chaussures, avec celles qui m'étaient revenues ornées d'un tampon : « Retour à l'expéditeur, n'habite plus à l'adresse indiquée ». Je voulais éviter d'être triste, mais on n'oublie rien sur commande. Je ne sais pas trop pourquoi je vous dis tout cela. En fait, j'aimerais vous raconter comment j'ai compris que la tristesse est nécessaire.

2

Mon métier n'en était pas vraiment un : « model scout », même le nom est pathétique. J'étais payé pour chercher la plus belle fille du monde et en Russie j'avais l'embarras du choix. Parfois j'avais l'impression d'être un parasite, un contrebandier ou un proxénète ; une espèce de charognard qui ne se nourrirait que de chair fraîche ; un capitaine Achab dont la baleine blanche se prénommerait Mirjana, Luba ou Varvara. Mon avenir professionnel dépendait de quelques mensurations, d'un tour de poitrine, d'une cambrure prononcée ou d'un profil espiègle. Je savais distinguer d'un coup d'œil le nez mutin, la bouche suave, le front bombé, la chrysalide enfermée dans son cocon de soie. Je cherchais la bonne géométrie entre l'écart des yeux et la hauteur du cou, la contradiction parfaite entre l'effronterie d'une poitrine naissante et l'innocence d'une salière fragile. La beauté est une équation mathématique : par exemple, la distance entre la base du nez et le menton doit être la même qu'entre le haut du front et les sourcils. Il y a des règles à respecter : ainsi le « nombre d'or » (1,61803399) qui est la hauteur de la pyramide de Kheops divisée par sa demi-base. Si vous divisez votre taille par la distance sol-nombril, vous devez obtenir ce chiffre, qui doit aussi être égal à la distance sol-nombril divisée par la distance nombril-sommet du crâne. Sinon vous êtes imbaisable.

Mes journées étaient simples : grasse matinée, réveil embrumé vers quatorze heures, castings et séances photos l'après-midi, distribution de cartes de visite le soir. Mon modèle était Dominique Galas, le célèbre Français qui a découvert Claudia Schiffer en 1987 dans une discothèque de Düsseldorf. Je l'ai rencontré sur une plage de Saint-Barthélemy où il a pris sa retraite à 43 ans, un type charmant, plutôt bien conservé pour quelqu'un qui n'a pas dormi pendant vingt ans. Notre métier de recruteurs esthétiques est difficile : combien de fois ai-je cru être tombé sur la perle rare, le top du futur, les courbes du siècle, pour constater en m'approchant que la créature était flétrie, boutonneuse, grasse, que son menton fuyait, que ses mollets enflaient, que ses cheveux tombaient, que son balconnet était vide et ses genoux cagneux ? Galas répétait ce dicton (inversé d'Oscar Wilde) : « Méfie-toi de ta première impression car c'est toujours la mauvaise. » Claudia Schiffer n'avait l'air de rien quand il l'a vue se trémousser sur une piste de danse germanique. C'était une grande tige teutonne comme des milliers d'autres, aux épaules aussi carrées que ses dents. Mais il a su déceler en elle le potentiel de nouvelle Bardot. Comme Gia, le scout géorgien qui a découvert Natalia Vodianova à Nijni-Novgorod, ou Tigran, l'Arménien qui chapeaute le recrutement de Moscou, il avait l'œil perçant, la vista et les connexions. On ne s'improvise pas model-finder ici : il faut trouver les bonnes ouvertures, entretenir les contacts, et respecter certaines règles, dont voici les six principales.

1 – Ne pas abuser sexuellement des filles (sauf si elles le réclament).

2 – Ne jamais demander son numéro de mobile à une fille déjà sous contrat avec Gia ou Tigran.

3 – Toujours se déplacer en voiture avec chauffeur et gardes du corps.

4 – Ne jamais aborder de filles qui portent des lunettes de soleil la nuit.

5 – Ne pas toucher à la cocaïne.

6 – Et surtout ne jamais tomber amoureux.

La photogénie est un mystère. Certaines filles, sublimes dans la vie, ne donneront rien à l'image. Mieux vaut alors les sauter sans les signer. Les filles les plus éclatantes en chair et en os n'accrochent pas la lumière, alors qu'une nana quelconque, avec un nez rond et des yeux engoncés, pourra se révéler rentable si elle possède ce don du ciel : être aimée par la caméra. C'est une question d'ossature et de personnalité, d'ombre sur les joues, de volonté dans le menton, de mélancolie ou d'animalité dans l'attitude. C'est pourquoi je ne sors jamais sans mon bon vieux Pola. Les appareils numériques aplanissent les reliefs, le digital salit les cheveux. Quand Corinne Day a découvert Kate Moss pour sa première série dans « The Face », c'est en tombant sur un Polaroid shooté par Sarah Doukas de l'agence londonienne Storm, qui l'avait croisée à l'aéroport de New York. La petite Anglaise avait alors quatorze ans et rêvait d'être hôtesse de l'air ; à présent elle gagne 30 millions de livres par an (et son scout prend 10 % de tout ce qu'elle gagne – parfois j'en rêve la nuit !). Aujourd'hui j'ignore s'il arrive encore à Kate Moss de prendre des avions de ligne.

3

Savoir ce qui ferait bander les mecs était mon job. Les filles qui font consommer les femmes sont celles qui excitent leur mari. Or ce qui excitait les hommes, au début du XXI° siècle, c'était la pureté. Tout le monde voulait de l'innocence, probablement parce que les gens se trouvaient tous dégoûtants. Les hommes n'étaient plus attirés que par les physiques enfantins et, en conséquence, les femmes se déguisaient toutes en fillettes. Je me suis toujours méfié des hommes qui s'affichent avec des gamines : ce sont des frimeurs tropéziens ou des homosexuels refoulés. Ils se pavanent avec elles comme des automobilistes au volant de leur nouveau coupé sport. En cette époque où la jolie femme était devenue un trophée, certaines soirées ressemblaient à des concours de teckels : c'était à celui qui arborerait la plus fraîche bestiole à son bras. Les hommes comparaient les corps de leurs accompagnatrices, la clarté de leurs yeux, la douceur de leurs cheveux et la longueur de leur laisse.

— Admire ma fiancée juvénile au regard bleu clair.

— Et toi, mate un peu ma poupée de porcelaine aux cils recourbés.

— Trop vieille. Tu as cassé ton filtre à boudins ?

— La tienne on dirait ma grand-mère, euh non, rectification : mon grand-père. Tu ferais mieux de te taper sa petite sœur.

— La tienne, sa fille doit être mieux.

— (rires) Heureusement que ces connes ne parlent pas français !

— Vas-y, embrasse ses joues, avec ta barbe tu lui essuieras une couche de maquillage, ça fera resplendir son teint de bébé.

— Tais-toi, je tombe amoureux.

— Je te prête tout sauf elle.

— Je ne veux pas de « b.u. » (« d'occasion » en argot russe).

Les femmes aussi se jaugeaient sans cesse comme des prostituées sur un trottoir.

— Mes seins sont plus gros que les tiens !

— Oui mais les miens sont vrais !

Partout, les corps étaient pesés comme à l'étal d'un marché. Tout le monde voulait être unique, mais en réalité tout le monde avait envie de ressembler à la même couverture de magazine. Et les sentiments n'entraient guère en ligne de compte. On croyait tomber amoureux, alors qu'on obéissait à une campagne Guess. On était entré dans l'ère de l'inhumanité sexy. Je n'ai évidemment pas connu d'autres temps, ce qui rend toute comparaison difficile, mais je ne crois pas que les humains aient jamais été aussi jaloux les uns des autres auparavant. Les gens devenaient complètement dingues depuis que l'égocentrisme était devenu l'idéologie dominante. Les publicitaires qui décrétaient le look mondial disposaient d'une capacité de frappe historiquement sans précédent. Les investissements annuels en achat d'espace auraient pu supprimer dix fois la faim dans le monde mais on estimait plus urgent de matraquer des visages pour que les marques de luxe restent dans le « top of mind » des affamés. Un philosophe de Karlsruhe, Peter Sloterdijk, avait baptisé ce système le « désirisme sans frontières ». Si le groupe Condé-Nast le leur avait suggéré, je crois qu'une large majorité de jeunes désiristes auraient accepté de se déclarer une nouvelle guerre pour une parution dans le prochain numéro de *Vogue*.

C'était une époque où la seule utopie était physique. La série télé qui résumait le mieux la première décennie du XXIe siècle était intitulée « Nip/Tuck ». Deux chirurgiens plastiques de Miami y expliquaient ceci à leurs clientes : « Si on arrête de se battre pour la perfection, autant mourir. » Je connais certains dialogues de la série par cœur. Une fille à voix aiguë chante dans le générique : « Make me beautiful. A perfect mind, a perfect face, a perfect lie. » Mon épisode préféré : le troisième, celui où une obèse se tire une balle dans la bouche parce que le docteur McNamara refuse de la liposucer. La cervelle de la grosse éclabousse les photos de top-models qu'elle a punaisées dans sa chambre. Scène très touchante, vraiment, que ce dripping d'hémoglobine sur la gorge d'Elle McPherson, suivi d'un panoramique sur le cadavre callipyge, échoué sur la moquette comme une baleine blanche sur South Beach. Plan sur le ciel bleu immaculé de Floride, symbolisant l'absence de tout malheur.

L'œil humain est spontanément attiré par la régularité des traits, l'épiderme lisse et la superficie des lèvres. La régularité de l'arête nasale facilite les relations humaines. Ce n'est pas un hasard si en France une poitrine opulente est surnommée conversation, puisqu'elle la déclenche souvent. Il est logique que les beaux soient mieux rémunérés que les laids, puisqu'ils rapportent davantage d'argent. Il faut donc s'injecter de la toxine botulique pour obtenir une augmentation salariale, ajouter 50 grammes dans chaque sein par incision péri-aréolaire pour progresser en entreprise, repositionner la graisse des joues et augmenter les maxillaires afin de gravir les échelons sociaux. Faites l'essai : vous verrez que vous avez davantage envie de travailler avec des êtres jeunes et beaux, que vous vous sentez mieux avec des gens qui n'ont pas de poches sous les yeux, que vous obéissez plus spontanément aux visages équilibrés, lisses, non déprimés par l'âge. Les apparences ne sont pas seulement sauves, mais aux commandes.

4

Je ne suis pas sûr d'avoir un cœur mais je suis certain d'avoir un corps qui bat. Je ne suis pas convaincu de mériter le pardon de votre Seigneur, mais mon récit m'aidera sûrement autant qu'une psychanalyse, en me coûtant moins cher. Votre immense église chargée d'icônes, malgré ses courants d'air, est le plus confortable des divans. Je l'ai découverte de nuit, un soir de grand froid où, poussé par l'orgueil de l'ivresse, j'avais choisi de désobéir à mes amis et de rentrer chez moi à pied. « À 50 mètres, tournez à gauche », me disait mon amie robotique, séquestrée dans la poche de mon pardessus. La pleine lune aveuglante était empalée sur votre clocher comme une pute sur un client. Je me suis arrêté pour contempler cette meringue géante, improvisée au bord du fleuve de glace. L'ombre des grues quadrillait la neige ; je marchais sur une grille de mots croisés. La lune fit-elle monter la marée dans mon cerveau ? Je ne pouvais détacher mon regard de votre cathédrale massive qui me rappelait le dôme des Invalides, où Napoléon est allé se faire enterrer quand il a renoncé à conquérir votre pays. Malgré les supplications de Miss GPS, je fis le tour de l'esplanade jusqu'à geler sur place (vous vous souvenez ? il faisait moins trente-neuf). Lorsque enfin je m'approchai timidement de votre édifice sacré, quelle ne fut pas ma surprise de vous voir en sortir, père Ierokhpromandrit, emmitouflé dans un grand manteau couvert de givre ! Vous n'étiez qu'un assistant pope, un prêtre stagiaire au français approximatif, quand je vous ai connu rue Daru, à l'époque où je pigeais à *Voici*. Et maintenant vous êtes le chef de la plus grande église de Moscou ! J'ignorais qu'on pouvait aller de la rue Daru à Moscou sans passer par la case Constantinople ! Vous n'aviez pas changé mais moi, si : à cause de ma barbe floconneuse, vous avez mis du temps à me reconnaître. Puis vous avez éclaté de rire et nous sommes allés nous abriter sous le porche, avant de prendre rendez-vous pour cette confession. Vous souvenez-vous de nos festins au Daru, l'épicerie russe, il y a au moins dix ans ? C'était au XXe siècle, quand votre Église était pourchassée... Comment se prénommait la jolie serveuse qui remplissait nos shots de vodka cerise... Olga ? Ah oui, Olga, c'est ça, vous avez bonne mémoire... Avouez que vous aviez un faible pour cette petite ! Une des premières blondes de ma vie. Je me souviens de ses seins ronds et chauds comme des brioches sorties d'un four. Elle pouvait jouir rien qu'avec les tétons, sans se toucher en bas, il suffisait de les pincer très fort pour obtenir la pâmoison. Oui, mon métropolite, j'avais eu une petite histoire avec elle à faire trembler les murs de sa studette sous les toits... Elle embrassait comme un esquimau, en frôlant mon nez avec le sien. Elle vous aimait beaucoup. Vous auriez dû la demander en mariage, puisque ce n'est pas interdit aux prêtres orthodoxes ! Ah bon, toujours célibataire ? Ha ha ha, pas fou le pope ! Pardon, je vous taquine. Quelle joie de vous revoir, mon père, après tant d'années ! Les coïncidences n'existent pas : nous avions rendez-vous. J'ai cru que j'allais mourir de froid, la nuit où j'ai juré de revenir vous voir. Depuis, je fais comme tout le monde : je porte une toque de fourrure ridicule et une doudoune verte en gore-tex. La frilosité est un remède au dandysme.

5

Ce qu'il faut, c'est attendre que les proies se baissent pour ramasser quelque chose dans leur sac. Geste d'origine préhistorique qu'elles accomplissent forcément, à un moment ou à un autre, quand elles ont besoin de se remettre du rouge, ou de se moucher, ou de pulvériser de la ventoline sur leur asthme, ou d'allumer une cigarette, et le prédateur est là, tapi dans l'ombre, à l'affût du string rose qui dépassera du jean Diesel... Elles se sentent vulnérables et offertes quand un mec s'accroupit à leurs côtés ; le ridicule de la posture simiesque crée une complicité. Les pieds écartés et la raie exposée, on frime moins : on s'inspecte mutuellement. On pourrait dénommer cela la fraternité babouine.

Ma technique d'abordage consistait à prendre le premier Pola sans leur demander la permission. En général, elles protestaient : pour qui se prenait cet intrus, ce ringard, cet envahisseur, et c'était alors qu'avec mon accent français j'expliquais ma situation, mon métier, ma quête de la beauté ultime. Leur prénom était-il Tatjana, Anja ou

Olena ? Avaient-elles entendu parler de la Russian Fashion Week ? Voulait-elle voir son portrait, oh, ça y est, il est déjà développé ? Que diraient-elles de devenir une icône du mass market ? Parfois, il était préférable que le premier contact fût muet. Pourquoi ? Parce que les consommateurs qui verront nos images ne leur parleront jamais ! J'aimais les contempler comme si elles posaient déjà sur un Abribus. Quand on flashait sur une proie, il fallait savoir prendre son temps, comme un vautour amoureux, s'asseoir à quelques mètres d'elle pour la décortiquer. Pourquoi portaient-elles toutes le même parfum (« Chance » de Chanel) ? La dentition était-elle saine ou faudrait-il implanter des facettes en céramique ? Les cheveux avaient-ils leur vraie couleur ou une teinture de supermarché ? S'étaient-elles accroché des extensions capillaires tondues sur le crâne de mendiantes hindoues à Bangalore ou des faux ongles synthétiques en amande pour rallonger leurs doigts gourds ? Les seins étaient-ils suffisamment ronds ou faudrait-il y insérer des prothèses ergonomiques de 295 centimètres cubes ? Les jambes étaient-elles assez longues ou trichaient-elles en se perchant sur des sandales plates-formes ? Le cul était-il triste, tombant, plat, nécessitant une glutéoplastie (pose d'implants de silicone cohésif) ou une injection de phosphatidylcholine pour dissoudre localement la graisse au niveau de la taille ? Le nez était-il aquilin ou faudrait-il le raboter sur Photoshop ? La peau du visage était-elle saine ou couverte de cache-boutons et bronzée aux UV ? S'était-elle scié les côtes ? Était-elle plutôt faite pour les photos ou les défilés – autrement dit, son maintien était-il à la hauteur de son visage ? Comment marchait-elle ? Comment respirait-elle ? Avais-je envie de l'embrasser (bon signe), de l'épouser (encore plus commercial) ou de la mordre dans le cou (signer tout de suite un contrat d'exclu) ?

Aujourd'hui, toutes les femmes sont belles au premier regard. Parce qu'elles savent toutes cacher leurs défauts. Notre boulot est de passer outre les lentilles de couleur, les faux cils, l'excès de blush, les robes noires qui amincissent, les gaines qui compriment, les Wonderbras qui défient Newton (Isaac, pas Helmut), les liposuccions, les rhinoplasties et l'acide hyaluronique qu'elles s'injectent dans la lèvre dès seize ans. Pour nous piéger, elles peuvent user de tous les artifices de présentation : le scouting professionnel consiste à distinguer le bon produit du boudin masqué. Nous n'avons pas le droit à l'erreur. Se planter coûte trop cher, entre les billets d'avion, la location des apparts à Paris, la production des composites, les bouteilles de champagne en boîte, plus la drogue, sans compter le fait qu'on ne va quand même pas submerger tous nos bookers pour renvoyer la Natacha un an plus tard dans sa toundra natale, cernée, déprimée et défoncée. Clairement, on a autre chose à foutre que de jouer les baby-sitters de futures lap-danseuses d'Ekaterinbourg ou Kaliningrad. Les meilleurs de la corporation (David Kane de « Reservoir Tops », Jean-François Blondel de « Melody », John Vegas et Bertrand Folly d'« Aristo », Andrei Krapotkin de « Starsystem », Xavier Antoine de « Marylou », et les gars de l'agence Lumière à Sao Paulo) peuvent en dix secondes vous énumérer les mensurations d'une inconnue. C'était devenu mon jeu préféré la nuit : aborder les filles en leur balançant les trois chiffres fatidiques. « Let me guess : 85-59-81 ? » (Quelquefois j'arrangeais les chiffres pour leur être agréable : « One meter seventy-eight ? Forty-nine kilos ? ») Dehors le blizzard soufflait ; le carrelage rouge des toilettes du First était siglé Trussardi ; devant le Café Vogue, trois chevaux-taxi attendaient en grelottant sous la neige de m'emmener ivre mort à la Galleria contre 200 roubles. Parfois je vibrais à l'unisson de ce décor de féerie, la blancheur conférait à tout ce qui était visible une aura merveilleuse, et alors, l'espace d'un instant, le monde me semblait bien organisé.

Il fallait trouver les filles avant qu'elles ne tombent sur un magnat du pétrole ou un banquier qui les gâterait. Après elles ne voulaient plus travailler, elles avaient vite un appartement et une bagnole. Attendez, mon pope, je ne dis pas que toutes ces nanas étaient des prostituées, mais juste des pauvresses qui utilisaient les seules armes dont elles disposaient. À Moscou, on devait agir vite, il fallait les dénicher de plus en plus tôt, avant que Peter Listerman ne leur glisse un diamant dans la bouche. Vous ne connaissez pas Peter ? C'est un Israélien qui a une piscine olympique et une

piste de ski dans sa datcha. Difficile de lui résister, elles tombent toutes dingues de lui ! Et après elles ne veulent plus faire de photos à moins de 100 000 euros de l'heure. Prenez par exemple Anna Kuznetsova, la star d'Avant Agency, découverte dans le petit village de Medvetsevo. À 17 ans, elle est déjà hors d'atteinte ! Et Tanya Dyagyleva est en embuscade, avec sa série shootée par David Sims le mois dernier… Oui mon père, j'étais un infiltré dans la guerre des cygnes. Je me souviens que la plupart des scouts que je rencontrais me présentaient leurs copines en indiquant tout de suite leur âge :
— Voici Nadia, 15 ans.
— May I introduce to you Ouliana, she's 14.
— Tu connais Svetlana, 13 ?
— Hi, how are you, I will be legal in two years.
On les prenait de plus en plus jeunes, c'était pareil qu'en France. Par exemple, Audrey Marnay a débuté à 14 ans, maintenant elle fait du cinéma et des bijoux, sa carrière de top est terminée, à 26 ans… Depuis mon arrivée en Russie, la question que je me posais c'était : jusqu'où suis-je prêt à descendre ? La limite légale pour le sexe c'est quinze ans et trois mois, mais on sait tous qu'elles commencent à baiser dès treize ans ; en dessous on tombe dans le sordide. Mais où est la frontière pour une photographie, un spot de pub, un photo call par webcam, un défilé de lingerie, un test d'épiderme ? Au début j'avais l'impression d'être le seul à m'inquiéter de voir toute une industrie devenir pédophile. Comme mes confrères

semblaient tous trouver la situation normale, je cessai bientôt de m'en préoccuper. Et c'est ainsi que j'ai travaillé tranquillement à donner aux hommes du monde entier l'envie de coucher avec des enfants.

6

Je suis devenu bossu à force de me pencher pour mater des petites filles. Je draguais les visages les plus immaculés pour éviter de les désirer. Parfois, je les baisais pour éviter de les embrasser. J'avais alors la sensation de niquer avec du papier glacé. Il était amusant de chiffonner un peu ces poupées de magazines. J'avais l'œil aguerri des hommes directement passés de la frustration à la lassitude. Mon indifférence étudiée plaisait aux mannequins en herbe. Entre deux soirées avec les plus belles filles jamais nées, je m'abrutissais de médicaments. Quand je pense qu'à une époque les hommes acceptaient de souffrir ! Ceux de ma génération ont toujours refusé. Personnellement, je n'ai jamais toléré d'avoir le cafard sans immédiatement gober une pilule. J'ai grandi sous anesthésie, mais ce n'est pas le plus grave : autant vous le dire tout de suite, je ne savais pas du tout quelle femme je cherchais, ni ce que je voulais dans la vie. Notre société croit pouvoir se passer de volonté mais, au bout du compte, c'est un problème assez grave que d'ignorer ce que l'on veut. Pour vivre, il faut un but précis ; or notre objectif est de plus en plus flou. Sans idéal, on devient un animal morne, un promeneur égaré. On est vide, ou perdu. Momentanément, cela peut être agréable, comme lorsqu'on se trompe de rue dans une ville étrangère. On peut saisir l'occasion pour vagabonder, retarder le moment de demander son chemin, s'asseoir et regarder les nuages, comme un mammifère broutant dans la nature. Mais très vite la panique gagne du terrain. On fouille dans ses poches à la recherche d'un plan, d'un refuge ou d'un boîtier de Guidage Par Satellite. On alpague des indigènes. On hèle des taxis. Très peu de gens ont le courage de se perdre vraiment. En tout cas moi, je ne crois pas l'avoir souhaité. La solitude fut le cadeau d'anniversaire de mes 40 ans. C'est tellement compliqué d'être libre. La liberté est un fardeau qui s'apprivoise, comme la mort. En Russie, vous le savez mieux que partout.

Zut, j'évite encore de vous dire ce qui m'amène. Allons-y : je suis une victime de la beauté féminine, du désir mondialisé, de la société sexuelle, et quand j'en ai fait mon métier, je suis devenu dingo. Je viens vous voir parce que je veux changer, il faut que cela cesse, je ne peux plus vivre de cette manière, même si je me considère irresponsable de mes actes. En balbutiant cela, je suis lucide sur ma lâcheté. Je sais bien que se dire totalement paumé est le confort suprême. Alors voilà, ça m'arrange bien mais je serai irrévocable :

— Je suis obsédé de filles parce qu'on m'a bombardé d'images sexuelles depuis ma naissance (je me considère victime d'une aliénation nouvelle).

— Je suis fou par la faute de mes parents, j'ai hérité de leur folie, mes problèmes ne sont pas les miens, et les leurs n'étaient déjà pas les leurs, etc., ça peut remonter loin : les deux Premières Guerres mondiales, la guerre de Cent Ans, la guerre du feu ?

— Je veux quitter tout le monde sans que personne ne me quitte.

— Nul n'est méchant volontairement, mais il y en a quand même qui le cherchent un peu.

— Il paraît que mon ricanement sonne vulnérable.

Quoi qu'il en soit, toutes mes névroses sont des atouts précieux dans la profession que j'exerce. C'est ce que m'a dit Daria Veledeeva, l'editor-in-chief du *Grazia* russe.

Bref, je suis un éternel insatisfait, comme tous les enfants à qui l'on n'a jamais rien refusé.

Les femmes sont mon sacerdoce. Je veux les conquérir comme un continent. Je voudrais être le Christophe Colomb de la top, le Vasco de Gama du canon.

— Excuse-moi, prekrasnaya (« magnifique » en russe), mais c'est plus fort que moi : je veux être le Docteur Livingstone de ta bouche, le Neil Armstrong de ton cou. Quand je sucerai tes seins, je m'écrierai : « It's a small step for a man, but a great step for mankind. » Ensuite, quand je t'aurai conquise, je ferai comme le premier homme sur la lune : planter mon drapeau avant de redescendre sur terre.

Je faisais des classements de filles, des hit-parades physiques, des listes de visages. (Le plus excitant chez une femme, c'est son visage ; ne croyez pas les hommes qui prétendent aimer leurs seins ou leur cul, c'est parce que leur nana a une sale gueule qu'ils se concentrent sur le reste.) Je collectionnais dans des chemises en plastique les pages déchirées dans *Max, Mademoiselle,* et *Purple*. J'ai dans ma chambre une commode remplie de photos arrachées. À un moment, j'ai dû endurer la souffrance de trop, celle dont on ne se remet pas. Mon cerveau l'a effacée mais elle continue de me gouverner. Si vous êtes comme moi, je vous plains : vous êtes un homme moderne.

7

Sergueï, mon ami oligarque, me dit souvent : « Zatknis (ta gueule) ! Arrête de te plaindre, Octave, tu t'en sors bien : tu pourrais être proctologue ! » J'ai rencontré ce comique milliardaire dans le cadre de mes prospections nocturnes. Je l'ai surnommé « L'Idiot » en hommage à Dostoïevski et Jean-Edern Hallier. Il ne vit qu'entouré de jolies wannabitches qui lui rappellent sa réussite. Il a eu une aventure publique avec la Paris Hilton russe (une dénommée Xenia). Le groupe pétrolier immense que dirige Sergueï possède (entre autres) deux usines qui fournissent des composants uniques au monde, des essences rares, des ingrédients subtils supprimant les rides au coin des yeux. Il cultive le secret sur l'origine de ces huiles de jeunesse, comme Coca-Cola conserve sa formule au fond d'un coffre-fort. Il faudra que je lui pose la question, un jour : comment fabrique-t-il ses crèmes d'éternelle jouvence ? Ses brevets (et ses relations au Kremlin) en ont fait l'un des oligarques les plus puissants du moment. Sa datcha de la Rublovka, près de Moscou, est un lieu très confortable pour finir la nuit allongé sur des matelas humains. Mais même L'Idiot ne pourra m'en empêcher : il faut toujours que je critique ma vie. J'ai beaucoup de choses à confesser sur les chasseurs de tops, mon père.

Le plus grave problème du mannequinat n'est pas la nymphophilie, ni même l'anorexie, mais le racisme. Si nous courons tous après la blondeur, il faut appeler les choses par leur nom : c'est parce que nous sommes fachos. Les nazis préféraient les blondes : ils auraient adoré la Slovaque Adriana Sklenarikova ou les Tchèques Karolina Kurkova, Eva Herzigova, Veronika Varekova et Petra Nemcova (après tout, ce n'est pas un hasard si Hitler a commencé par envahir la Tchécoslovaquie, le Führer avait le sens des priorités !). Les recruteurs de modèles vénèrent la race aryenne, ses pommettes hautes, ses yeux clairs, sa dentition saine, sa blancheur musclée. Vous connaissez la prédilection du camarade Staline pour les jeunes ballerines et les belles amazones. Il était aussi antisémite que Hitler. Les femmes qui ne correspondaient pas aux goûts esthétiques des dictateurs furent éliminées d'une manière ou d'une autre. Aujourd'hui, dans notre meilleur des mondes, le temps fait le tri : les vieilles et les moches sont exclues. La beauté est un sport où les hors-jeu sont fréquents. Quoi de plus fasciste que les élections de Miss ? D'un côté, les compétitions esthétiques à élimination publique ; de l'autre, les ratonnades de Tsiganes par des bandes de skinheads dans le métro de Moscou. Quand j'énonce le verdict du jury devant des adolescentes en maillot de bain qui fondent en larmes de joie ou de désespoir, j'ai parfois l'impression d'être le gardien qui trie les arrivages à l'entrée du Club Diaghilev : ils nomment cette violence le « face control » (c'est même devenu le nom d'un magazine dédié à la nuit moscovite). L'idée du contrôle facial est de punir la différence. L'Histoire se répète toujours, la démocratie n'y changera rien. Il vaut mieux être une fiancée de tycoon sur stilettos qu'un « Tchiornye », basané à cou de taureau, si vous voulez que Pasha (le videur le plus connu de Moscou) vous laisse entrer dans son établissement. Le mot « model » est à cet égard plus honnête que celui de « mannequin » : il induit mieux l'idée de race supérieure et d'obéissance à un physique dominant. C'est exactement la même situation en France avec nos physionomistes de boîtes de nuit qui refusent les Arabes sauf s'ils sont comédiens de « stand-up ». Je me demande si le voile islamique n'est pas moins facho que le jury d'un Fashion Contest ou le contrôleur facial d'une discothèque. Au moins, en dissimulant leur visage, le voile laisse une chance aux laiderons. Les fondamentalistes sont sûrement des gros machos qui interdisent aux femmes de conduire, de travailler ou de tromper leur mari sans se faire lapider ou vitrioler, mais reconnaissons-leur cela : ce sont les seuls antiracistes esthétiques. Le port du voile milite contre la séduction au faciès et le totalitarisme du joli minois. Avec le voile, chaque femme a une chance de plaire autrement qu'en se conformant aux canons de la beauté définis par le *Numéro* du mois dernier. Qui est le plus fasciste : la burka ou mon booker ? Ah mon père, je vois que vous dodelinez de la tête. Eh bien, dodelinez, dodelinez tout votre saoul.

Mon histoire finira mal, je le sais. La dictature de la beauté engendre la frustration et la frustration engendre la haine. On ne peut pas participer impunément à cette idéologie. On commence par placarder des blondes slaves sur les murs pour vendre du shampoing, et ça se termine en bain de sang orchestré par des mouvements néonazis le jour de l'anniversaire de Hitler, pogroms de Juifs, tabassages de Noirs, meurtres de Caucasiens, bombardements de Tchétchènes, ratonnades de Daghestanais, djihads divers et variés. Vous pourriez me dire que vous vous en foutez, batiouchka : ils ne sont pas orthodoxes. Mais moi cela me concerne parce que la même chose arrive en France. Chez moi on traite les enfants d'immigrés comme des délinquants à longueur d'année, jusqu'à ce qu'ils le deviennent, car les pauvres sont tellement obéissants qu'ils finissent par foutre le feu aux autobus et aux bagnoles, par courtoisie, pour ressembler à l'image qu'on leur projette d'eux-mêmes depuis la naissance. C'est vrai qu'ils ne ressemblent pas à la pub L'Idéal que je vais shooter au trimestre prochain. C'est presque flatteur, si ce n'était si répugnant, de constater que mes photos feront autant de terroristes que la décolonisation. Et s'il n'y avait que la France où l'extrême droite frôle le pouvoir ! En Pologne, en Slovaquie, en Bulgarie, en Hongrie et en Roumanie, les ultranationalistes xénophobes grimpent dans les sondages quand ils ne gouvernent pas. J'en viens parfois à me demander si l'Europe nouvelle ne s'est pas construite sur l'extermination des Juifs. Six millions de morts ne sont pas sans conséquence : nous avons détruit les Juifs d'Europe pour y installer la domination des blondes slaves. Les nazis ont gagné leur combat; nos agences se sont contentées d'emboîter leur pas de l'oie.

8

À ma sortie de prison, j'ai entretenu une correspondance par mail avec une fille dont je n'avais jamais vu la photo. Elle avait trouvé mon adresse dans l'annuaire des Anciens Élèves de l'École Bossuet. C'était une fille géniale, esseulée et cultivée, qui m'envoyait des citations de poèmes rares, et me téléchargeait des musiques qu'elle aimait : Mazzy Star, Dusty Springfield, Antony & The Johnsons. On avait les mêmes goûts, en espérant que personne d'autre n'ait les mêmes que nous. Elle me faisait rire ; tout ce qu'elle racontait était très érotique. J'avais hâte d'être devant mon ordinateur le soir pour retrouver ses blagues tristes et ses anecdotes salaces. Elle me racontait ses séances de masturbation dans les toilettes de son bureau, les garçons qu'elle aimait à sens unique et les autres qui devenaient tout de suite des boulets, ses sorties où elle embrassait des copines dans des bars de lesbiennes, la vodka-pomme qu'elle buvait par hectolitres. Au bout de quelques semaines, je me croyais amoureux : je lui demandai un rendez-vous. Elle ne voulait pas me rencontrer et me faisait lambiner, affirmant qu'elle me décevrait. Je lui fis un tel rentre-dedans qu'elle finit par céder. Nous nous sommes finalement vus dans un bar d'hôtel à Paris et tout s'est écroulé : elle était petite et moche, avec des lunettes épaisses enfoncées sur un gros pif boutonneux. J'étais affreusement gêné de ne pas réussir à masquer ma répugnance. Il y avait des jours et des jours que je faisais des déclarations enflammées à ce monstre… Je l'avais suppliée d'accepter ce verre avec moi. J'avais même réservé une chambre dans l'hôtel, au cas où nous aurions envie de faire l'amour tout de suite, et là je me suis levé, au bout d'un quart d'heure de conversation polie, en disant « bon eh bien enchanté à très vite » en sachant (comme elle) que cela signifiait « à jamais bubon ». J'ai embrassé sa main boudinée et je me suis enfui. Depuis, je ne réponds plus à ses mails ulcérés. Oui, j'ai honte d'être un sale raciste, un fashion facho – un fashiste. Son cerveau angoissé et son humour cruel étaient parfaits pour me comprendre, et son cœur pouvait sans doute me rendre heureux. Mais je suis un ignoble fashiste, d'autant plus impardonnable que j'ai moi-même subi la même discrimination dans ma jeunesse… Voilà la vérité : je suis un ancien moche qui se venge sur ses semblables.

— Je suis exactement la femme qu'il te faut.
— Si seulement tu avais vingt kilos de moins !

Ce que j'aurais dû lui dire :
— Un chirurgien plasticien m'a recollé les oreilles sous anesthésie générale à l'âge de 10 ans. La tech-

nique consiste à inciser derrière les deux oreilles de Dumbo pour refaçonner le cartilage et repositionner les pavillons, puis à recoudre bien serré avec du fil hypoallergénique. J'ai porté un bandage blanc autour de la tête pendant dix jours et une bande Velpeau la nuit pendant un mois : mes camarades de classe ont cessé de m'appeler « Le Chou-Fleur » pour me surnommer « La Momie ». Quand au vingtième jour on a retiré les pansements ensanglantés et arraché les fils bleus enrobés de croûte gluante, personne n'a remarqué que mes oreilles ne dépassaient plus de mes cheveux. « Il faut souffrir pour être beau » : crois-moi, je connais le sens de ce dicton. J'ai pleuré de douleur pour m'améliorer. La conformité au moule sociétal est inutile, rassure-toi, nos appels au secours resteront inaudibles. Va, je ne te hais point, c'est moi que je déteste ; ma haine envers ma personne altère mes relations avec le reste du genre humain. Adieu, cageot de ma vie.

Donc me voici : Octave Parango, model scout de France, échoué dans un pays trente fois plus grand que le sien. Je bosse pour des gens qui considèrent une femme de plus de 24 ans comme obsolète. Mon activité déteint sur moi : je n'ai pas fêté mes 40 ans. Je vieillis dans un monde où vieillir est interdit. Je me déguise en jeune : chemises noires froissées au-dessus d'un jean troué aux genoux, cachemire Zadig et Voltaire en V à même la peau, cheveux en pétard comme si je sortais de mon lit à toute heure de la journée, barbe de huit jours pour sembler rebelle (imaginez un bolchevik avec une tondeuse de garçon-coiffeur entre les dents), chaussures de sport qui n'en pratiquent aucun, petits polos moulants pour ressembler à un chanteur maigrichon, voire britannique, pantalon slim taille basse pour ne pas boudiner mon ventre grandissant. Je ne mets pas de déodorant, parce que puer fait jeune. Pour mes 40 ans, je n'ai pas acheté un blouson en daim : j'en ai acheté deux. Chaque matin je me fais pleurer en épilant les poils blancs qui poussent sur mon crâne, dans mes oreilles et mes narines. Je me tartine les joues d'autobronzant pour être orange plutôt que vert. Je me passe sans arrêt la main dans les cheveux pour vérifier qu'ils sont toujours là. Le soir, dans mon bain, je recueille ceux qui flottent sur l'eau et les dépose sur le rebord de la baignoire comme un maniaque atteint de Troubles Obsessionnels Compulsifs, avant de les enterrer solennellement dans ma poubelle. J'essaie toutes les nouvelles crèmes anti-âge comme un vieux travesti : la Dior Homme Dermo System à la B-Ecdysone cicatrisante et au phosphate de vitamine E, le gel de gommage à la criste marine « Océalys », le gel désincrustant défatigant visage Clarins, un Dermo-peeling exfoliant avec ses petites billes qui roulent sur la peau comme du sable chimique, sans oublier le concentré « facial fuel energizing moisture treatment for men » de chez Kiehl's. Je me réserve le Botox et le cocktail DHEA-mélatonine pour l'année prochaine. Je me suis fait corriger la myopie au rayon laser : on m'a charcuté la rétine comme dans le *Chien andalou* de Buñuel pour que je ne porte plus de lunettes (avant je ressemblais à Yves Saint Laurent, maintenant je me prends pour Jésus-Christ). J'envisage de m'acheter des dents en porcelaine, afin d'avoir le même sourire que Keith Richards (tout propre au lieu de tout marron). La seule chose qui me retient est le devis de mon dentiste-visagiste : 20 000 euros pour cinq séances de pose, cela fait cher le ratelier. Je suis aussi à deux doigts de m'inscrire dans un club de gym pour vibrer sur un power plate. Avant de ramener une fille à la maison, je prends toujours un Viagra 100 en cachette pour être certain d'assurer trois ou quatre fois comme si j'avais vingt ans de moins. J'aime répéter que ma bêtise est celle de mon temps mais au fond je sais que mon temps a bon dos et que ma bêtise m'appartient. À quarante balais on est responsable de son malheur, même si l'on paraît plus frais que lui. Ah oui, j'oublie de dire que j'ai quitté ma femme parce qu'elle avait le même âge que moi.

Voilà : je suis un vieux involontaire. Ne rigolez pas : je sais bien qu'il existe des hommes heureux de vieillir. Simplement ils ne sont pas au pouvoir.

10

Pour mieux vous faire comprendre comment je suis devenu fashiste, il faut que je parle de mon père : je crois que je tiens un peu de lui. Dans mon enfance, après le divorce de mes parents, quand mon père revenait de Hong Kong, Singapour ou Sydney, il m'hébergeait chez lui certains week-ends avec mon frère aîné. Il habitait un duplex à poutres apparentes rue Maître-Albert où nous dormions à l'étage, chacun dans sa chambre. J'étais déjà insomniaque. La nuit, j'entendais sous mes pieds des glaçons tinter dans des verres à whisky en cristal, et des bouchons sauter. La porte d'entrée sonnait souvent. Des rires de filles éclataient à l'étage du dessous. Le samedi soir, mon père organisait des réceptions chez lui où il conviait quelques copains, PDG américains et piliers de Castel entourés de mannequins de l'agence Paris-Planning et de rabatteurs, bronzés toute l'année, avec chemise ouverte sur torse velu et fausses cartes de visite de photographe de mode. Ils écoutaient l'album orange de Stevie Wonder : *Songs in the Key of Life*, qui reste un de mes disques préférés de tous les temps. Le double 30 cm venait de sortir, ce qui veut dire que nous étions en 1976 (la datation au Stevie Wonder est encore plus fiable que celle au carbone 14). Par conséquent, j'avais onze ans et une paire d'oreilles flambant neuves. N'arrivant pas à trouver le sommeil, il m'arrivait de descendre en robe de chambre et pyjama bleu, tout ébouriffé, en me frottant les yeux, et que voyais-je alors ? Des filles de vingt ans qui éclataient de joie avec leurs dents blanches et leurs jupes courtes en me voyant : « That is your SON ? He is so CUTE ! » Généralement je me précipitais aux toilettes pour dérougir. Quand je sortais de ma planque, mon père me faisait un clin d'œil en allumant son cigare. « On vient de lui recoller les oreilles. » Les filles géantes qui s'appelaient Nina, Kim ou Elisabetta regardaient mes cicatrices sous mes cheveux en poussant des cris effrayés, puis me faisaient des compliments sur mes yeux verts ou se moquaient de mes pantoufles. Vous commencez à comprendre le problème ? J'ai un peu découvert les femmes en sautant sur les genoux de mannequins suédois, danois et néerlandais qui sentaient le patchouli et claquaient des doigts en chantant « When you feel your life's too hard, just gotta have a talk with God ». Elles étaient blondes comme ma mère, comme la lumière jaune des larges abat-jour et comme le champagne qui pétillait dans leur bouche. Elles caressaient ma tête, lisaient les lignes de ma main, me prédisaient un bel avenir d'acteur ou de pilote d'avion, me demandaient en mariage pour rigoler, « look, he's blushing again, your son is so ROMANTIC ! », posaient des questions indiscrètes sur la vie de mon père en échange de noix de cajou et de carrés de chocolat Milka, me proposaient de me kidnapper et de partager la rançon, et alors mon père intervenait : « ça suffit, il est tard, va te coucher, si ta mère voyait ça elle me tuerait », et les beautés nordiques me remontaient dans ma chambre, en m'embrassant sur le front, le nez, le poignet ou dans le cou, évitant soigneusement la bouche que je leur tendais les yeux fermés (car pour être franc, je ne demandais qu'une chose : être abusé sexuellement par ces déesses), puis elles bordaient mon lit en soufflant la fumée de leur cigarette sur mon oreiller, souriaient gentiment quand je leur demandais de me serrer encore un peu, et puis j'entendais leurs talons aiguilles cliqueter dans l'escalier, avant de m'endormir dans le pays merveilleux des bras de mannequins-vedettes, pays que j'habite toujours et où, si possible, je souhaiterais expirer dans les plus brefs délais.

11

J'habite Moscou depuis un an : la Ville des Espoirs Déçus. Ici, la beauté est un sport national. La Russie est grande et ses habitants sont pauvres : leur seule distraction consiste à réciter des poèmes en marchant dans des forêts de bouleaux, ou à faire la sieste au bord de larges fleuves immobiles. Leurs églises ressemblent à des glaces à l'or. Ce sont de grands pauvres comme il y a de grands bourgeois. C'est un pays où les hommes meurent tous à cinquante ans ; leurs veuves vendent des chatons à la sortie du métro. De temps en temps, une vieille meurt transpercée par une stalactite tombée d'un échafaudage. C'est assez spectaculaire, l'hiver moscovite.

Les Russes sont obligés d'être immenses comme les steppes d'Asie centrale ou la toundra sibérienne : humbles mais lyriques, fauchés mais orgueilleux. Ils se donnent un mal fou pour ressembler aux personnages de *La Mouette* de Tchekhov. Ils disent des choses profondes dans des cuisines où fermente le kvas et sèchent les champignons. Ils n'ont pas un radis mais leurs tables de bois sont recouvertes de pommes de terre à l'huile, de gâteaux au pavot, de poissons sucrés, de cornichons parfumés, de carafons de vodka avec des oiseaux gravés dessus, de confitures et de thé bouillant dans des samovars de cuivre. Vous ne les connaissez que depuis quelques minutes et déjà ils vous parlent de la vanité de l'amour, de la mort du bonheur, de la folie du monde. Ils en parlent longuement, en remplissant les verres et en vous gavant de pirojnoïe. Ils sont fiers de leur fatalisme : oui, la Russie est foutue, depuis toujours, et l'on n'y peut rien, et as-tu encore soif ? Le « roulis moral » cher à Dostoïevski est la façon la moins douloureuse d'envisager l'existence : on est à l'abri des bonnes surprises.

Au bout du compte, je n'aurai vu les forêts de bouleaux qu'à travers la vitre du taxi entre l'aéroport de Sheremetyevo et la ville. Ou sur la route de la Rublovka, le Neuilly russe : bouleaux éclairés la nuit par les feux d'artifice. Les troncs blancs alignés semblaient des pailles translucides aspirant la neige vers le ciel. Mais les petites naïves, les poètes échevelés, les amoureux frustrés, les philosophes aigris chers à Anton Pavlovitch ne pullulent pas davantage ici qu'à Paris. Les cuisines sont plus modernes que dans leurs livres, c'est-à-dire plus petites, et ils y mangent des Chicken McNugget's sauce barbecue comme tout le monde. C'est vrai que leur conversation est énergique, mais leur mode de vie est le même qu'ailleurs : le suicide le plus agréable possible. Peut-être les Moscovites que je fréquente ne sont-ils pas représentatifs de cette grande nation ? J'ai surtout vu des mecs qui se rasent la tête, portent des tee-shirts Dior, possèdent des nightclubs et conduisent comme des fous en voiture allemande ; des nouveaux riches qui slaloment entre les sept gratte-ciel gothiques de Staline, monstres de pierre illuminés la nuit comme les Pyramides d'Égypte. « Je suis un cosaque, moi ! Un putain de cavalier ! » J'ai souvent vu les tours rétrécir dans le rétroviseur, et la radio à tue-tête chanter en russe pendant que je criais de peur en français, les BMW viser les piétons, « attention ! là ! une femme enceinte ! le feu est rouge, un bébé dans un landau qui descend un escalier, freine ! ». Et j'ai surtout vu les filles, ma foi, les filles russes… sont l'industrie nationale.

La beauté russe n'est pas seulement littéraire ou sylvestre : elle est avant tout féminine. On parle beaucoup des ressources naturelles de ce pays en hydrocarbures ; c'est négliger sa richesse principale. Les Américaines sont trop saines, les Françaises trop capricieuses, les Allemandes trop sportives, les Japonaises trop soumises, les Italiennes trop jalouses, les Anglaises trop saoules, les Hollandaises trop libérées, les Espagnoles trop fatiguées ! Restent les Russes. Les filles russes ont une manière de baisser les paupières comme des enfants pris en faute ; on dirait qu'elles se retiennent de pleurer, comme si leurs yeux turquoise étouffaient des sanglots venus du froid polaire, d'un malheur éternel, d'un viol parental dans la datcha familiale, d'une assiette vide au fond de l'hiver, d'un Noël sans cadeaux où l'on n'a pas le droit de se plaindre parce que sinon le père sera transféré au camp de Krasnoïarsk, d'un menteur qui est parti sans dire « da svidania », et leurs joues de tsarines attirent la caresse comme des seins, pourtant elles ne tremblent jamais, même par moins vingt degrés centigrades, elles se lèchent les dents et ne détournent pas les yeux, tout juste distingue-t-on une rosée calculée qui perle sur leurs lèvres, comme une prière ou un défi. Ce sont des fleurs penchées sur la faiblesse des hommes, qui les excusent et les manipulent, écartent les doigts dans leurs cheveux, et même leur sueur sent bon, et n'importe quel homme devient un pantin entre leurs mains pâles qui flottent dans les airs comme des ailes de cygne. Vous savez de quoi je parle, depuis que la planète est un seul pays. Le reste du monde connaît le pouvoir des filles russes ; c'est pourquoi on leur refuse les visas pour l'étranger. Les femmes de toutes les nationalités les haïssent parce que la beauté est une injustice et qu'il faut combattre toutes les injustices. Les filles russes sont l'ennemi. Ce n'est pas la première fois que des anges ont autant d'ennemis : relisez la Bible, ce catalogue d'anges brûlés.

12

J'avais donc accepté une mission particulière : trouver le nouveau visage de L'Idéal, le leader mondial de l'industrie cosmétique. Comme je vous l'ai expliqué : dans notre monde blasé, seule l'innocence fait vendre. La division grand public de L'Idéal voulait « moderniser » son ambassadrice (traduire : « virer la vieille peau »). Leurs plans de com' sont cloisonnés par tranches d'âge : les 15-35 ans (problèmes de peaux acnéiques); les trentenaires (qui croient qu'elles ont encore vingt ans); les quadragénaires (qui rêvent qu'elles ont encore trente ans); les quinquagénaires (qui espèrent que leur lifting ne se voit pas trop). Moi, coup de bol, je m'occupais des 15-35, c'est-à-dire davantage des 15 que des 35. J'avais été nommé scout par l'agence de mannequins Aristo. C'était un copain de mon père qui en dirigeait l'antenne française : à ma sortie de taule, j'avais planté une émission de télévision en access prime time, et j'étais vraiment grillé en France. Mon émigration à ce poste était un beau cadeau. Je ne pense pas qu'il existe un meilleur moyen de rencontrer des femmes splendides et de les allonger dans son lit.

Je dois reconnaître que jamais en France, même à ma grande époque de faste et de lucre, je n'avais fréquenté pareilles merveilles. Ce ne sont plus des canons, ni des avions, ni des bombes atomiques ; ici il faut parler de missiles nucléaires, d'armes de destruction massive, de fusées interplanétaires. La base de lancement des vaisseaux Soyouz n'est pas à Baïkonour mais à Moscou ! La plupart des Français qui s'installent ici ne peuvent plus rentrer chez eux : ils savent pertinemment qu'en France, jamais ils n'auraient accès à des filles de cette beauté. Elles ne leur adresseraient tout simplement pas la parole, ils ne les croiseraient même pas : en France, les très belles femmes vivent dans un ghetto parallèle, protégées du harcèlement des manants par des barrières invisibles. Ici, on les ramène chez soi par paires, ou en grappes. J'ai rencontré un Français qui n'arrive plus à faire l'amour à une seule fille à la fois. « Une seule femme dans mon lit ? J'ai oublié comment on fait ! » Les plus ravissantes autochtones n'ont qu'une envie : qu'un riche en tombe amoureux, ou à défaut qu'un étranger les emmène en voyage. Même leurs râteaux sont agréables ! Elles arrivent toujours à te faire croire qu'elles regrettent infiniment de ne pas pouvoir coucher avec toi, comme des doormen de casino qui t'expliquent que ce soir c'est complet mais s'arrangent pour ne pas trop te vexer, histoire que tu reviennes à la charge le lendemain, sait-on jamais, la vie est longue. Et puis ce sont des coups d'enfer, pardon, des coups de paradis ! Le sexe n'est qu'une technique, izvinitié mon père de vous parler aussi crûment, mais il existe une série de gestes que les femmes russes accomplissent avec un naturel merveilleux, et ce dès le premier soir : sans devenir scabreux, disons qu'elles font preuve d'une patience très généreuse et d'une dextérité très... imaginative. Oh arrêtez de ronchonner, la nature est la création de Dieu, il n'y a rien de mal à user de ses bienfaits. Les femelles moscovites gobent le sexe et le branlent en alternance et crescendo jusqu'à l'explosion buccale, avec introduction d'index dans votre fondement au moment où le plaisir le contracte ; elles ont tout avalé mais elles n'attendent pas longtemps avant de vous laper à nouveau le frein de bas en haut, pour vous refaire durcir sans capote et s'empaler sur vos sex toys en se tétant les seins puis suçant vos testicules jusqu'à ce que vous demandiez grâce, bon d'accord j'arrête l'énumération mon père, pardon, je pensais distraire votre après-midi, oh ça va, je rigole, ne jouez pas au catholique avec moi. Je ne sais pas où vos femmes apprennent ces rudiments que la plupart des Occidentales n'accomplissent qu'au bout de six mois de dîners en tête à tête. Personne ne malaxe aussi bien les couilles que les Russes, personne ne s'offre aussi spontanément à part, peut-être, une Marocaine dont j'étais amoureux autrefois, mais dont j'ai oublié le prénom. Pendant trois quarts de siècle, le sexe fut la seule distraction des Russes (avec la vodka et la délation) : le résultat est un savoir-faire unique au monde. Je connais un Français qui vit ici parce qu'il n'arrive plus à bander avec les Françaises. D'accord, vous m'avez percé à jour : ce Français, c'est moi ! Mais le temps presse, la file d'attente s'allonge derrière nous. Votre méthode de confession est un peu agaçante, avec tous ces fidèles qui poireautent dans notre dos. Même les dentistes prévoient des salles d'attente ! J'aurais préféré un confesseur dominicain, mais je n'en avais pas sous la main.

Les tentations étaient innombrables mais je ne devais pas traîner : L'Idéal avait besoin de nouveaux emblèmes, on devait renouveler le stock de pommettes saillantes et de bouches rouges. La standardisation des désirs n'attend pas. La demande était très forte, on en avait besoin pour les catalogues, les dossiers de presse, les encarts, les dos de kiosques et les teasings à échantillon détachable. Natalia Vodianova ne pouvait pas tout faire ; il fallait de nouveaux modèles, moins chers, moins célèbres, plus disponibles. J'avais des faces à moudre ! Je devais faire tourner les visages de l'industrie des pots de crèmes hydratantes nutritives gluco-actives. Au téléphone, mon boss, Bertrand, me disait souvent, tel l'ogre du *Petit Poucet* : « Ramène-moi de la chair fraîche. » C'était donc ça : je fournissais des mangeurs de Lolitas qui eux-mêmes entretenaient la libido mondiale.

Comprenez-moi bien. La femelle diaphane est indispensable au bon fonctionnement de l'économie capitaliste, et elle doit changer souvent : le turnover des apparitions romantiques augmente les bénéfices nets. Malheureusement les mannequins ne gardent pas leur pureté très longtemps. Un jour ou l'autre, nos tops finissaient par se taper un footballeur bagarreur ou un acteur alcoolique, ou bien l'appareil photo d'un téléphone portable les surprenait en train d'inspirer un trait de poudre dans une backroom, avant de plonger dans un caniveau. À part Kate Moss, personne ne survit à ce genre d'images. La vidéo circulait sur internet, les ménagères changeaient de crémerie ou la crémerie résiliait son contrat d'exclu, et c'était encore moi qui devais dégotter la prochaine frimousse internationale. L'usure était de plus en plus rapide : on appelait ce phénomène les « mannequins-Kleenex ». Je touchais un pourcentage sur les cachets de mes filles mais la vérité est qu'à peine lancées elles étaient déjà remplacées : c'est pourquoi j'avais demandé à être rémunéré au forfait plutôt qu'en intéressement (même à 10 % ce n'était plus rentable, et comment vérifier les chiffres?). Dans notre jargon, je dirais que j'avais plus de mal à « développer » les filles qu'à les « démarrer ». Autrefois, une fille à succès pouvait durer une décennie ; à présent la beauté durait trois ans.

Je cherchais les « green » (c'est ainsi que nous appelons les débutantes, mais on dit aussi « new faces ») à Moscou ou Saint-Pétersbourg, à la sortie des lycées de Smolensk ou Rostov, voire dans les écoles de théâtre de Novossibirsk, Tcheliabinsk, Koursk, et les charcuteries de Mourmansk, Ekaterinbourg, et les universités d'Oufa, Samara, Nijni-Novgorod, n'importe où dans la Fédération de Russie parce que c'était dans ce pays mutant que les visages les plus vierges commettaient l'imprudence de naître. Évidemment la plus céleste était toujours celle d'à côté.

— Tu aimes l'air félin des Ouzbèques à l'iris noir ? C'est que tu ignores les Kirghizes aux yeux ocre fendus.

— Les lèvres arrondies des Kazakhes, tu déconnes ? Attends de sentir la bouche ourlée des Tatares de Crimée.

— Tu admires la volupté des Tadjikhes à la peau bleue ? Dépêche-toi de caresser les Turkmènes aux bustes menus parfumés à la cannelle.

J'étais payé pour visiter des réserves de femmes. La plus mutine était toujours la prochaine, et malheureusement dans certaines régions reculées de l'ex-URSS, la voisine est souvent très loin : il faut prendre des trains gelés ou des avions rouillés. C'était comme une quête impossible, dont le Graal serait une nymphe. Comment être satisfait un jour ? Dès que je photographiais une pauvre paysanne insupportable de perfection, j'entendais parler d'un village fantôme où une pâtissière avait enfanté une princesse, puis d'une vallée paumée où une roussalka hantait une rivière, ou bien d'une cour d'immeuble délabrée au fin fond de la gloubinka où étincelait une fée en baskets au milieu de moujiks éthyliques. Et quand je remontais dans un vieux Tupolev 124 de la Siberian Airlines sur le point de se désosser en plein vol entre Dniepropetrovsk et Dnieprodzerzhinsk,

    L'hôtesse qui me tendait ma carte d'embarquement
Était un sosie de la Belle au bois dormant.

13

Il me revient que, pour me rendre à Nijni-Novgorod, j'ai dormi dans un train vert bouteille qui divisait la terre enneigée en deux parts géantes de tarte à la noix de coco. Les wagons roulaient entre des rangées de peupliers morts qui renaîtraient au printemps : les arbres, comme le Christ, ressuscitent chaque année. Comme vous le savez mon père, sur les bords de la Volga s'élèvent quelques-unes des plus belles cathédrales caractéristiques du baroque moscovite (l'Archange, la Nativité, la Transfiguration, et le Monastère de l'Annonciation) ; en hiver ces édifices sphériques ressemblent à des œufs à la neige. En franchissant le large fleuve, on les voit venir de loin, comme de beaux desserts au restaurant, sur le plateau du serveur, à l'autre bout de la salle ; enfant, à Pau, quand je m'ennuyais à table en famille, les îles flottantes me semblaient des destinations exotiques. Mais quand j'écumais les bars locaux à la recherche de l'apothéose du sexy à lèvres pailletées, je vous garantis que j'oubliais vite ma jeunesse béarnaise. À l'arrivée en gare de Nijni, il pleuvait sur une statue géante de Lénine que le peuple avait eu la flemme de renverser car

« *Lénine a vécu, Lénine vit, Lénine vivra !* » ; un McDo était entouré de cinémas pornos sous la bruine froide comme à la sortie de n'importe quelle gare française, et j'ai cherché immédiatement où l'on achetait ses billets pour repartir. J'étais prêt à prendre un vieil Antonov soudé au chalumeau et rafistolé avec des bouts de Scotch, ou un Tupolev au nez cassé, le même qui s'est fracassé à Tomsk, laissant 103 passagers bronzés au tapis : peu m'importait. Et puis j'ai vu Tania, et je suis resté. Pour elle j'étais disposé à monter dans toutes les Traban minuscules et pourries de l'est de la Volga.

Je voudrais vous raconter une anecdote qui montre bien qu'à force de se retenir d'aimer on peut en perdre la capacité. C'est peut-être ce qu'il y a de pire dans la vie : ne plus savoir tomber amoureux. Aux Sept Vendredis (nom du restaurant le plus hype de Nijni-Novgorod), j'avais rencontré une candidate au titre de Plus Langoureuse Liane de l'Est du Monde. Elle me faisait durcir rien qu'avec ses sourcils noisette, et après quelques boissons à la framboise, tout homme désirait mourir en son for intérieur. Elle se prénommait Tania, c'était merveilleux de la regarder se pencher ; je me cachais derrière mon verre pour la dévisager plus longuement. Je lui conseillais de se tenir droite car comme toutes les fillettes ayant grandi trop vite, elle avait chopé une scoliose et se tenait voûtée, par paresse ou tout simplement pour rapetisser. Ses longs cheveux bruns dénoués coulaient en vaguelettes sur ses épaules, les tresses y ayant imprimé une sinusoïde exaspérante. Après quelques culs secs mouillés, elle accepta de m'embrasser en cachette de ses copines, puis de me suivre à l'hôtel malgré l'heure tardive. Elle ne voulait pas enlever son soutien-gorge à coussinets parce qu'elle avait peur que je trouve ses seins trop petits. Je l'ai rassurée :

— Mais voyons, garde ton push-up, fuck la réalité !

— Pachol na houï ! (« va te faire foutre ! »)

C'était une Biélorusse minijupée qui ne souhaitait pas retourner à Minsk – son pays était la dernière dictature communiste du coin (avec la Corée du Nord et le Turkménistan), les filles s'y vendaient beaucoup moins cher et les opposants au régime disparaissaient en hiver dans l'indifférence mondiale. Nous avons passé la nuit à parler en nous grattant doucement le dos et critiquant « Nijni Fucking Novgorod ». Quatorze ans plus tôt, cette ville s'appelait Gorki parce que le poète Maxime y était né ; le savant Andreï Sakharov y était alors retenu prisonnier ; j'avais presque envie de l'imiter pour ne jamais quitter Tania mais je me contrôlais trop. Elle me disait que ma peau était aussi douce que la sienne, me demandait si elle pouvait encore me sucer les doigts, des trucs aimables comme ça... Je lui ai demandé pourquoi elle n'était pas mannequin et elle m'a répondu qu'elle était trop vieille (21 ans) et que sa mère lui faisait trop à manger. Je ne cessais de penser au model scout qui avait découvert Natalia Vodianova, une petite vendeuse de fleurs âgée de 14 ans, emmitouflée de fourrure acrylique, sur les marchés de sa ville natale de Nijni-Novgorod : qui s'en souvient ? Fortune assurée, oiseau envolé... (proverbe de recruteur). Tania m'a fait rire en m'apprenant une chose que Calvin Klein ignore sans doute : Natalia Vodianova ne vendait pas des fleurs mais des pommes de terre près de la station de métro « Bonheur » et le chasseur de têtes ne l'a pas découverte au marché mais dans un cours de théâtre où elle distribuait ses photos et son numéro de téléphone comme une grosse arriviste. Évidemment, à Nijni, toutes les filles la haïssent ; c'est humain – née de père alcoolique et de mère battue, Natalia Vodianova a épousé la 22e fortune de Grande-Bretagne. On déteste toujours les contes de fées des autres.

Le coucher du soleil sur la Volga était le signal de la faim. Tiens, me disais-je, puisque le ciel est rose, soit une centrale nucléaire vient d'imploser dans les parages, soit il est l'heure de dîner. Ma grande peste sentait le savon, ses lèvres étaient sucrées, car elle mâchait sans cesse des Hubba Bubba à la pastèque. Elle avait des mains étonnamment fines, aux longs doigts interminables comme ses jambes (mais plus nombreux). Elle buvait la vodka d'un trait sans ciller. Elle avait juste besoin d'une gorgée de jus d'orange pour faire passer la brûlure. « I am cellulite free ! » Je lui ai dit que ses jambes étaient deux flèches plantées dans mon cœur. Elle ne me crut pas et elle avait raison. Dommage : si elle m'avait cru, peut-être que moi aussi je me serais mis à y croire. J'insistai lourdement :

— Merci à ce train aux couchettes rêches qui m'a conduit à toi…

— Bla bla bla bla, ironisait-elle.

— C'est pour te trouver que je suis venu à Ni-No dans ces draps en papier de verre qui griffaient mon dos moins profondément que tes ongles…

— Bla bla bla.

— Je suis venu pour te kidnapper au bord de la Volga…

— Bla bla.

— OK, finis ton verre et roule-moi un French kiss.

— Bla.

— C'est pas pour me vanter mais je suis célibataire en ce moment. Une telle occasion ne se représentera pas souvent dans ta vie, baby.

— Bl.

Elle avait la moitié de mon âge donc elle était plus sincère. Moi je bonimentais pour qu'il m'arrive quelque chose ; j'essayais de me figurer que je faisais mon boulot alors qu'à ses yeux je n'étais qu'un touriste sexuel comme un autre. J'espérais lui déplaire, par ma vulgarité, et ainsi éviter toute forme de douleur. Quand Tania m'a quitté au petit matin, ou plutôt quand je l'ai laissée partir sans prendre son numéro de téléphone (car c'est ainsi qu'on se dit adieu de nos jours : en omettant de noter quelques chiffres), je l'ai encore contemplée une dernière minute dans la pénombre comme pour enregistrer les ultimes traces de sa silhouette d'allumette, une ombre découpée sur les rideaux éclairés par le lever du soleil, et je me souviens que j'avais hâte qu'elle parte, hâte qu'elle sorte de ma vie pour que je puisse enfin la regretter à mon aise. Je haïssais la sévérité de Tania, et je lui en voulais d'être comme moi : pauvre petit prédateur mythomane au cœur sec. Lorsqu'elle m'a dit froidement, en français : « Au revoir », j'ai senti en moi monter une bouffée de nostalgie et de gratitude. Je suis sorti de ma chambre en courant pour voir la porte de l'ascenseur se refermer sur sa fatigue triste, ses yeux cernés, son « Chance » de Chanel. Je lui ai demandé :

— Pourquoi vous portez toutes « Chance » ?

Elle a souri :

— I gave you one chance, you've just missed it.

Alors je lui ai dit « I hate you », dans un regrettable accès de lyrisme. J'aurais dû lui être reconnaissant : Tania m'a fait comprendre que ne pas souffrir, c'est encore souffrir. Puis j'ai noté ceci :

J'en veux beaucoup aux ascenseurs
de t'emmener aux étages inférieurs.

14

Oh vous savez, des histoires comme celle-là, j'en aurais tant à raconter. Anya, Yunna, Mariya, Irina, Evgeniya, Marta, Galyna, toutes les reines découvertes, décortiquées, perdues, évitées, retenues, oubliées, étiquetées, sélectionnées, shortlistées, comparées, snobées, séduites, rejetées, regrettées… Tel était mon job : je devais aborder la beauté afin de la saborder. Pour cela, il fallait toujours commencer par convaincre la fille de ma probité, puis faire miroiter les roubles devant ses parents ; ensuite l'agence se chargerait de solder la jeunesse à la marque de crèmes antirides. L'Idéal était une des plus profitables entreprises françaises (2 milliards d'euros de bénéfices pour 30 milliards de chiffre d'affaires), fondée par un chimiste génial dont les héritiers avaient fait fructifier les brevets sous l'Occupation allemande. Elle était devenue le leader mondial de l'industrie cosmétique à force de ressasser une phrase clé dans une centaine de langues : « Parce que vous êtes toutes uniques ». Savez-vous que le terme « cosmétique » vient du mot grec « cosmos » qui signifie ordre mais aussi univers ? Étymologiquement, le maquillage est l'ordre qui régit l'univers... Le cosmétique est cosmique. Dieu n'est rien que du make-up, mon batiouchka ! Mais la crise approchait : Greenpeace venait de révéler que les produits L'Idéal contenaient des additifs chimiques de synthèse, souvent à base de dérivés pétroliers, utilisés comme ingrédients actifs, fragrances ou agents conservateurs, qui avaient la regrettable particularité de donner le cancer des ovaires et du sein. Une étude confidentielle de l'AFSSAPS (Agence Française de Sécurité Sanitaire des Produits de Santé) montrait que 122 accidents graves avaient été provoqués en 2005 par l'application de crèmes solaires ou antivieillissement. Des allergies parfois spectaculaires, nécessitant une hospitalisation urgente (œdèmes de contact, eczémas géants, paupières qui se mettent à tripler de volume, pertes de sensibilité épidermique). En gros, les produits L'Idéal empoisonnaient les consommatrices comme le FSB ses agents réfugiés à Londres. Le danger venait de l'application quotidienne sur la peau de substances toxiques (phtalates, muscs artificiels, composés chlorés, formaldéhyde et galaxolide). Contrairement aux laboratoires pharmaceutiques, les fabricants de cosmétiques ne sont pas tenus de tester leurs produits sur l'animal ou l'homme avant leur commercialisation. La loi française considère que les crèmes ne sont pas aussi toxiques que des médicaments. Une aubaine qui permet aux industriels de nous tartiner à peu près n'importe quoi sur la tronche.

L'enjeu était donc économiquement crucial : avec une nouvelle ambassadrice, on ferait oublier le poison caché dans la crème. Le groupe L'Idéal venait de racheter The Nature Stores pour redorer son image écolo. Coût de l'opération : 940 millions d'euros. L'Idéal préparait le lancement d'une nouvelle molécule antivieillissement produite par Oilneft, le groupe dirigé par mon pote Sergueï l'oligarque. Le visage que je cherchais servirait aussi de masque antipollution. Voilà pourquoi j'avais un gros budget en notes de frais : L'Idéal dépensait une centaine de millions d'euros par an en publicité, rien qu'en France. Cela tombait bien : à Paris, quand j'étais concepteur-rédacteur dans la pub, puis (brièvement) animateur de télévision, j'avais pris l'habitude d'être très dépensier. Entre deux coups de foudre non réciproques, je me saoulais de plaisir au « Oh là là », au « Shandra », au « Bordo » et à « L'Égoïste Gold ». Pardonnez-moi, Révérendissime, d'évoquer devant vous ces bars de danseuses. Mais quand on a choisi de se confesser, on doit énumérer tous ses péchés n'est-ce pas ? Jusque dans les moindres détails ? Je suis bien obligé d'avouer que rien ne m'intéressait à part la satisfaction de mon désir d'enfant gâté. Les anxiolytiques me protégeaient tellement contre le romantisme que j'étais devenu incapable de ressentir une quelconque émotion. Si je vous choque, mon pope, interrompez-moi, je ne voudrais pas aggraver mon cas. L'enfer est ici et je suis venu vous demander de me parrainer pour obtenir la membership card du paradis.

15

— C'est dingue, Tania : tu manges tout le temps et tu ne prends pas un gramme !

— Hum, Octave... ça dépend !

Elle reniflait trop pour être honnête. Oui, finalement j'ai revu Tania de Nijni ; elle en fut exagérément flattée parce qu'elle ne savait pas que je l'avais rappelée pour l'oublier. Bon, d'accord, je me vantais tout à l'heure de ne pas avoir noté son numéro mais je ne mentais qu'à moitié. Je l'ai arraché à sa meilleure amie Katia, qui était sortie avec Jean-Michel, un copain français de passage à Nijni. Dans la brasserie, une Tzigane vendeuse de roses nous importuna. Je lui achetai la totalité de son bouquet.

— Non, merci Octave, pas de fleurs, c'est trop triste : elles finiront fanées sur une banquette de boîte de nuit.

— Comme toi !

Revoir en plein jour une femme qui nous a plu un soir d'ivresse est le meilleur moyen de s'en dégoûter. Mais elle avait du répondant :

— La dernière fois, t'étais tellement bourré que t'avais l'air d'un Chinois !

— C'est parce que, contrairement à toi, j'ai arrêté la cocaïne.

Nous mangions du coypou, un petit rongeur charnu qui a un goût de taupe. Je ne sais pas ce qui nous avait pris de commander un truc aussi dégueulasse, peut-être était-ce le seul moyen d'être certains que le contenu de nos assiettes serait plus effrayant que nous-mêmes. Soit par amour-propre, soit par espoir professionnel, mes recrues étaient toujours de bonne humeur quand je les recontactais, alors que c'était justement le signe que je cherchais à les effacer de ma libido. Le troisième coup de fil n'arrivait jamais. C'est après le second rendez-vous qu'elles commençaient à souffrir : le second rendezvous est le vrai cast. Un contrôle diurne. La confirmation d'un adieu. J'ai effacé son numéro de mon portable pour ne pas être tenté de la rappeler à des heures indues. Elle a dû le deviner puisqu'à la fin du déjeuner elle ne se moquait plus de moi. Nous étions tous les deux aussi émus de savoir que nous ne nous reverrions jamais. À 21 ans, que voulez-vous, on oublie vite son prochain… Je perdais mon temps alors qu'il lui restait le reste de sa vie à vivre.

— Tu sais que j'ai rêvé de toi, adorable pourriture ?

— You in my heart. You in my dreams too.

Elle m'a demandé de prendre son pouls pour voir comme son cœur battait vite. Je lui ai dit « paka » (au revoir) en me mordant l'intérieur des joues pour ne pas sangloter.

Tania était un signal mais je l'ai compris plus tard, en lisant l'Ancien Testament. Les myriades, les armées, les légions d'anges (dix mille millions dans le Livre de Daniel) ne pouvaient plus rien pour me sauver. À l'époque, je ne savais pas que Satan m'avait déjà coupé les ailes.

16

Au début j'étais blême comme la neige. Jamais vu autant de morts que dans votre ville. Ça décède en traversant Tverskaïa : comme il n'y a pas de feux rouges, les voitures accélèrent pour t'écraser. Les flics m'ont attaqué une fois pour me piquer mes cartes de crédit, mon fric et mes papiers. J'ai lâché 500 dollars pour repartir boulevard Gagarine. Morts dans les rues, dans les bars, dans les bagarres. Chaque traversée de Moscou est un parcours du combattant : soit on est bloqué trois heures dans les embouteillages, soit on meurt dans une Lada conduite par un Tchétchène saoul. J'aimais skier à Moscou sur la colline blanche qui descend vers le Bolchoï. On pouvait slalomer devant l'ancien siège du KGB (les gens le faisaient déjà sous Brejnev : ils changeaient de trottoir place de la Loubianka en enfonçant leur chapka sur les oreilles pour ne pas entendre les protestations des dénoncés et les cris des torturés). Ah bon ? On ne les entendait pas car les caves de la prison souterraine sont très profondes ? Vous m'apprenez quelque chose, mon père. C'était bien fichu, leur truc. D'ailleurs je ne sais pas pourquoi j'en parle au passé : le KGB n'a pas déménagé, il a juste changé deux consonnes de son nom. Vous avez déboulonné la statue de Dzerjinski devant l'immeuble du FSB, avant d'élire Président l'un de ses employés modèles. Tous les problèmes de votre pays viennent de cette continuité : vous n'avez pas coupé le cordon ombilical avec les tortionnaires. La Russie est le pays des crimes impunis et de l'amnésie volontaire. Comment, que dites-vous ? Le pardon des péchés ? Mais vous devriez savoir, mon père, que pour être pardonné il faut le demander, ici personne ne demande pardon à personne, et la moitié de l'administration est inchangée. Si vous aviez vraiment voulu marquer le coup, la Mairie aurait accepté d'installer la pierre du goulag de Solovki au milieu de la place, au lieu de la planquer dans le square mitoyen. Vous auriez fait comme les Sud--Africains : amnistier les responsables qui avouaient leurs crimes. La confession publique demande du sang-froid mais elle est la seule solution après les crimes collectifs – l'autre solution étant la guerre civile. Vous avez préféré faire comme s'il ne s'était rien passé. Alors que ce qui s'est passé est simple à résumer : ce qui s'est passé, mon père, c'est CINQ SHOAHS. Je sais ce que vous pensez : votre interlocuteur a bu trop de vodka. C'est vrai. Mais je sais très bien ce que je dis : en France, nous avons cultivé la même amnésie après la Collaboration, Madagascar, l'Indochine, l'Algérie. On se dit toujours qu'il vaut mieux avancer, que, si l'on commence à ouvrir les archives, tout le monde sera sali comme aujourd'hui avec la politique de « lustration » en Roumanie, en Bulgarie ou en Pologne. Au Cambodge, il a fallu attendre trente ans pour qu'un tribunal commence à juger le génocide des Khmers rouges, les principaux coupables étant morts depuis longtemps. Et les Turcs refusent de reconnaître le meurtre des Arméniens. La Russie sera-t-elle prête à ce déballage avant 2030 ? Dans les époques sombres, seuls les morts sont propres. Skier dans les villes est bien plus amusant que sur les montagnes. Glisser est mieux que marcher. Il faut cacher la saleté sous le tapis moelleux. Glisser est une façon de penser et peut-être de vivre. Skier sur l'existence imparfaite, surfer entre les obstacles, fuir la gravité en entrant dans les boutiques de luxe de Mercury et du Goum en face du mausolée de Lénine. À présent seuls quelques mètres séparent la *Pravda* de Prada.

Il m'arrivait aussi de surfer sur le verglas en sortant de l'Hotel Ararat Park Hyatt au bras d'un sosie de Mischa Barton. Quand je glissais sur la rue du Théâtre, je pouvais voir sur ma droite la foule des refusés à l'entrée du club Osen et juste en face, la statue d'Ivan Feodorov, le Gutenberg russe, du R&B plein les oreilles, séquestré entre le magasin Bentley, le concessionnaire Ferrari et la joaillerie Bulgari. L'homme qui a fondé la littérature russe au XVIe siècle se retrouve désormais coincé entre une boîte de pétasses et des garages de luxe, obligé d'écouter Jenny from the Block à longueur de journée… piètre destin ! Cent mètres plus loin, la statue de Karl Marx semble déprimée, contrainte de regarder le Bolchoï s'effondrer derrière une bâche géante pour les montres Rolex. Quatorze ans plus tôt, il n'y avait pas de panneaux publicitaires dans votre ville ; à présent on en compte davantage qu'à Paris. Sous les pieds de Marx, on peut toujours lire sa devise : « Prolétaires de tous les pays, unissez-vous ! » (qui ferait un très bon slogan pour l'horloger suisse). C'est le même Marx qui écrivit que « rien n'échappe aux effets corrosifs du capitalisme » ? Eh oui, c'est bien lui... Quand je pense qu'une quarantaine de personnes possèdent un quart de la Russie. Rien n'échappe, en effet. Savez-vous qu'en Pologne, à Oswiecim, une discothèque a été bâtie dans un ancien entrepôt du camp d'extermination d'Auschwitz : elle porte le joli nom de « System ». Un totalitarisme chasse l'autre : la démocratie ici n'est qu'apparente, nous sommes entrés dans le System post-démocratique. Pour décrire le System qui domine désormais la planète, le maître mot ne devrait plus être « capitalisme » mais « ploutocratie désiriste ». Des siècles d'humanisme européen ont été réduits en bouillie par une utopie collectiviste suivie d'une utopie commerciale. Si le désir, selon Bossuet (un curé comme vous), est un mouvement alternatif qui va de l'appétit au dégoût et du dégoût à l'appétit, alors une société désiriste alternera toujours ces deux idéologies : l'« appétisme » et le « dégoûtisme ». L'appétisme (autrefois nommé envie, gloutonnerie, jalousie, voracité, hyperconsommation) mène inéluctablement au dégoûtisme (autrefois nommé nihilisme, fascisme, haine, terrorisme, génocide). Je vous ennuie ? Vous avez peut-être raison : qui sommes-nous pour parler de politique, inutile de remuer la merde, pas facile d'admettre que des dizaines de millions de gens sont morts pour rien. Je me demande tout de même si le nationalisme russe, celui de votre Église et de vos gouvernants, ne sert pas à faire oublier le silence assourdissant de la décommunisation. En l'absence de justice, c'est la peur qui gouverne. C'est pour cette raison que Vladimir Boukovski réclamait un procès de Nuremberg du communisme. Tant que ce pays refusera de regarder son Histoire en face, son malheur sera possible, puisque tous ses habitants continueront d'avoir la trouille. On ne choisit pas son passé. La Russie depuis 1991 est comme l'Allemagne en 1945, l'Espagne après Franco, l'Italie après Mussolini, la France après Pétain, et moi après la France. Perdre la mémoire n'aide pas à retrouver son chemin. Mais je délire, izvinitié, sans doute l'encens qui me monte à la tête... Peut-être que je me prends pour la Russie ! Après tout moi aussi je déteste me souvenir. Moi aussi j'ai peur de mon passé ; moi aussi je m'interdis de rêver, c'est même la raison de ma présence ici. Dansons sur les cadavres au cœur du System.

17

Je ne portais pas de spatules, mes mocassins lisses suffisaient à faire de moi le roi du surf sur la neige sale de la rue Pokrovka, entre les tramways brinquebalants et les grosses voitures noires garées en double file devant la Galleria. Je savais aussi combler ma solitude en entassant les filles nues sur mon édredon. Mon père, jamais vous ne saurez comme il est doux de leur ordonner de s'embrasser en tirant la langue, jusqu'à ce qu'elles ne soient plus reliées que par un filet de salive. J'ignore pourquoi je suis si friand de la bave des danseuses. J'aime boire le contenu de leur bouche ; je leur demande sans cesse de me cracher dessus. Au moins leur salive n'est jamais simulée.

Je rêve d'une call-girl qui aurait des stalactites pendues à la lèvre supérieure : une strip-teaseuse congelée comme un vampire des Carpates. Je me sens prêt à retomber amoureux comme un enfant, oui, pourquoi pas, une dernière fois... Lorsque je grelotte dans la rue Arbat, parfois des musiques dans le brouillard me donnent envie de mourir d'amour pour une jeune fille qui n'existe pas...

Promeneur désolé dans un manteau trop grand. Comme dans la plus belle chanson de Michael Jackson, la star pédophile : *Stranger in Moscow*. Vous savez, ô Saint Homme, ce rendez-vous est un antidépresseur extrêmement efficace. Je ne pensais pas que vous me feriez autant de bien : me confesser à la cathédrale du Christ-Sauveur est presque plus hédoniste qu'une visite au Hungry Duck (pourtant « le bar le plus fou de l'hémisphère Nord », selon le *New York Times*). J'ai essayé de demander de l'aide à l'hôpital psychiatrique de votre ville mais le médecin de permanence a refusé de m'interner. Vos asiles de fous affichent complet. J'ai eu de la chance : il paraît que leurs locaux sont encore moins hospitaliers qu'à l'époque où Soljenitsyne y séjourna. Votre dôme doré abrite mieux ma culpabilité. Je m'y sens minuscule. La reconstruction de votre église est récente, et les Moscovites la détestent car le maire Luzhkov a englouti dans sa pierre tout le budget de la ville. On est tranquille, dans l'obscène chapelle des nouveaux riches, pour demander l'absolution. Mais je m'égare, et trop de patients derrière moi attendent leur tour de lamentations. À bientôt mon père ; j'ai comme l'impression que votre silence pourrait me sauver la vie.

« *Je ne sais pas quoi vous dire sur lui : il m'a abordée au Night Flight, j'ai accepté de l'accompagner à son hôtel et puis voilà... Il était gentil, un peu bizarre, très romantique, bien trop tendre pour un client de ce genre d'endroits... Les clients gentils font toujours un peu peur, on se demande pourquoi ils nous font de grandes déclarations amoureuses alors qu'on leur prend 500 dollars la demi-heure et qu'on ne les reverra jamais ! (...) Il disait tout le temps qu'il cherchait un visage, j'ai pensé que ça pouvait être une opportunité professionnelle : il répétait sans arrêt que mes faux seins étaient aussi durs que mes pommettes. C'est pour ça que je lui ai laissé ma carte de visite avec mon composite. Vous savez, la plupart des filles du Night Flight posent pour de la photo de charme, on a toutes des cartes de visite avec notre portrait en lingerie dessus. Les photos que vous avez retrouvées dans sa chambre doivent traîner dans la chambre de beaucoup d'hommes à Moscou.* »

Ksenia V.,
escort-girl

« J'ai passé plusieurs soirées avec Octave mais je ne le connais pas et je n'ai rien à vous dire sur lui. Il ne m'a jamais fait mention de son projet et je tiens à dire que je suis très choqué et scandalisé par vos méthodes. (…) Oui, je reconnais que c'est bien moi sur cette photo au Golden Dolls, mais cela ne veut rien dire. Je vous répète que je n'ai rien à voir avec cette affaire et NON JE NE TRAVAILLE PAS POUR LES RENSEIGNEMENTS GÉNÉRAUX, combien de fois faudra-t-il que je vous le répète ? J'ai été complètement dupé dans cette affaire. (…) Je confirme que j'ai réglé la note pour les trois filles ainsi que le champagne et la crème chantilly. Je reste à la disposition de la police russe pour toutes les questions qu'elle aurait à me poser sur le massacre. »

JMD,
importateur de GPS antiradars

« He said he was looking for new faces. It was my dream to become a model so I accepted to take pictures at his studio. He was very professional so we had an affair together. It didn't last long. He said I was too young, he was nervous, always asking for my I.D. card. But Karolina Kurkova was 15 when she signed her first contract with Miuccia Prada ! I don't see the problem. »

Yurgita P.,
model, Aristo Agency, Moscow

« Je ne sais rien de lui, mais il m'a parlé de ses liens avec le prêtre. L'Église orthodoxe est très proche du pouvoir, il se peut qu'il ait voulu se faire passer pour un "boïevik" – un combattant rebelle tchétchène – afin de ne pas être soupçonné en cas de fuite. Comment le savoir ? »

Irina V.,
attachée de presse free-lance,
responsable de communication
événementielle du concours
Aristo Style of the Moment

« Je ne sais pas si cette histoire peut vous être utile pour comprendre ce qui est arrivé. Un jour, pendant une prise de vue dans son studio, le psychopathe m'a dit qu'il pouvait me faire pleurer deux fois, rien qu'en me racontant une histoire. Il voulait que mes yeux brillent pour ajouter de l'émotion à l'image. J'ai dit qu'il n'avait qu'à essayer.

— Imagine, m'a-t-il dit, un bébé ours blanc sur la banquise, qui gambade joyeusement autour de sa mère. Tout d'un coup, un chasseur tire sur elle. La maman ourse glisse et tombe sur le flanc, un petit rond rouge s'élargissant dans sa fourrure immaculée. Elle grogne de douleur. L'ourson ne s'est aperçu de rien, il continue de sautiller jusqu'au moment où il s'aperçoit que sa mère ne bouge plus. Au début il croit qu'elle dort. Il la pousse, mordille son museau, renifle ses yeux clos. Il essaie de soule-

ver une patte, puis une autre, qui retombent lourdement dans la neige rouge et gluante. Il passe ainsi dix, vingt, trente minutes à essayer de réveiller sa maman. Progressivement il finit par comprendre qu'elle vient de mourir sous ses yeux. Il se met à gémir, c'est d'abord une plainte rauque, discrète, qui ressemble à celle d'un enfant blessé, puis il crie, il pleure, hurle à la lune. Essaie de visualiser l'ourson si mignon qui réalise qu'il est désormais seul au monde et qui pousse des cris inhumains, ou plutôt, pire pour un animal : humains, dans la mare de sang qui grandit.

Quand il m'a raconté cette scène je me suis mise à pleurer. Lui aussi pleurait. C'était très intense. Il a continué :

— Tu vois, là le petit ours verse des larmes de deuil. Il appelle au secours, il se sent abandonné, désespéré. Malheur immense de la mort du parent qui nous force à grandir d'un coup dans l'horreur ensanglantée. Mais avant de s'éloigner définitivement sur la banquise, comme pris d'un doute, l'ourson blanc se retourne une dernière fois vers sa mère. Il essaie de soulever sa paupière, de lécher son museau. Il insiste. Et soudain il se passe une chose incroyable : la maman ourse entrouvre un œil, puis l'autre ! Elle bouge, elle respire, elle se met à bâiller et s'étire ! Le bébé ours crie à nouveau, mais de joie. Il danse sur place, grimpe sur sa mère, qui le repousse tendrement... Tu vois la scène ? En fait la maman ourse n'a eu qu'une éraflure, la balle du chasseur ne l'a pas tuée, elle était seulement évanouie, *le temps que sa plaie cicatrise. C'est un miracle. L'homme est reparti, l'ourson et sa mère se rapprochent pour se tenir chaud, avant de disparaître dans le blizzard, heureux comme s'ils venaient de renaître.*

Et là Octave avait raison, je me suis remise à pleurer à chaudes larmes, cette fois de joie. C'était merveilleux. Il mitraillait mes larmes qui faisaient couler mon rimmel. Ma tristesse était photogénique : on aurait dit une pub Sisley.

— Tu vois, a conclu Octave, tes deuxièmes larmes sont plus belles parce que ce sont les larmes de la résurrection. Je viens de te raconter la plus belle histoire de l'univers : l'Évangile. »

Irina K.,
model, Aristo Agency, Moscow.

« Comment avez-vous retrouvé mon téléphone ? Ah ! le Français qui m'a prise pour une Biélorusse, je l'ai fait marcher comme un abruti, je savais bien que je n'aurais pas dû accepter de lui noter mes coordonnées. Il m'a supplié de lui donner mon numéro pendant toute la nuit ! Il cherchait de la drogue, il disait qu'il avait arrêté mais il en parlait tout le temps, comme tous les junkies en manque. Il disait que le problème avec la coke c'est que soit on en prenait trop, soit on n'en prenait pas assez. Pauvre type ! Moi, c'est un principe : je ne donne jamais

mon téléphone, trop d'ennuis, et votre appel prouve que j'ai raison ! »

Tania S.,
étudiante, Nijni-Novgorod

« *Je ne sais pas quoi vous dire sur mon fils. Je suis sous le choc. Les images des corps… Pardonnez-moi. Puis-je avoir un verre d'eau s'il vous plaît ? (…) C'était un enfant vif, pétillant. Il cherchait toujours à se faire remarquer, il sautillait, faisait le clown, aujourd'hui on dirait "Enfant hyperactif", mais à l'époque c'était "Élève dissipé". Moi je prenais les blâmes de ses professeurs pour des compliments, je lui ai appris la valeur de l'impertinence, bon sang, vous croyez que tout est de ma faute ? (…) Je les ai élevés toute seule, son frère et lui, ce n'était pas facile tous les jours, je suppose qu'il a nié sa mélancolie comme je la cachais moi aussi… Les enfants sentent les vibrations de la tristesse. Je ne crois pas avoir entretenu le désir d'Octave pour moi, ni la compétition avec son frère aîné. Mais c'est vrai que j'étais flattée d'avoir deux garçons fous de ma personne à la maison ! Difficile de comprendre sa folie. Il n'a jamais manqué d'amour. Il en a peut-être eu trop ? On ne va tout de même pas reprocher à une mère de trop aimer ses enfants ! Le divorce est malheureusement banal, tous les enfants le subissent aujourd'hui, il a bon dos le divorce, on lui fait tout payer, mais si tous les enfants de divorcés devenaient fous, alors le monde serait rempli de malades mentaux en liberté. Pas vrai ? »*

Sophie de L.,
mère du suspect, Paris

(témoignages rassemblés au commissariat central de Moscou après la catastrophe)

DEUXIÈME PARTIE

Printemps
(Vesna)

« Le 29 avril, un orage lava à grande eau les rues de Moscou, l'air devint plus léger et plus doux, et, l'âme un peu apaisée, je ressentis une nouvelle envie de vivre. »

Mikhaïl BOULGAKOV,
Le Roman théâtral, 1966.

1

Zdrastvoutié à vous, papacha ! Les mannequins ont-elles une âme ? J'ai conçu une métaphysique du top-model en entrant sur la pointe des pieds dans votre champignon atomique. Le taxi qui m'a déposé devant chez vous était très cordial quand je lui ai demandé de garder la monnaie.

— Je te souhaite d'avoir autant d'argent que Roman Abramovitch qui a acheté la moitié de l'Angleterre et de vivre 107 ans comme ma babouchka !

Le pourboire déclenche l'amitié. Merci de m'accueillir à nouveau, mon cher pater noster. Cet après-midi, l'eau qui entoure votre bulbe doré réfléchit le ciel pourpre griffé par les grues jaunes qui mugissent sous le vent de la Moskova, enfin, je veux dire, c'est joli, autour de chez vous, à condition d'aimer la fin du monde. Quelle joie de traverser le pont Loujkov, en venant de l'île où l'on fabrique du chocolat et des résidences pour riches, puis de gravir l'escalier gris et rose comme les nuages, et de contourner les réverbères qui mouchettent votre « encrier fou ». De l'autre côté du fleuve gris, la maison sur la berge est toujours aussi hospitalière que dans le récit de Rybakov. Dans les somptueux appartements de Moscou, l'oligarchie a remplacé la nomenklatura : il faudra que quelqu'un m'explique la différence, personnellement je ne vois pas l'intérêt de vos révolutions qui ne changent jamais rien. Si : autrefois les collabos avaient vue sur une piscine, maintenant ils peuvent contempler votre église. C'est sans doute un progrès. Par contre laissez-moi vous dire que les bas-reliefs de faux bronze qui ornent votre façade sont parfaitement immondes, comme vos dalles de faux marbre. Pourquoi ne pas avoir recollé les restes de l'ancienne église du Christ-Sauveur qui gisent dans le cimetière du monastère Donskoy ? Votre cathédrale toute neuve y aurait gagné de la patine. Vos fresques sont à peine sèches, les murs trop immaculés, on a l'impression de visiter un décor de cinéma, l'ambiance manque de sacré : même les prières semblent de carton-pâte. Izvinitié, je critique toujours tout : c'est le défaut des Français, jacasser au lieu de bâtir. Tenez, puisque j'en suis aux réclamations, c'est un peu fatigant de se confesser debout. J'ai déjà mal au dos alors que je viens d'arriver. Pourquoi les orthodoxes n'installent-ils pas des confessionnaux dans leurs églises comme les catholiques ? Par la faute de votre rituel masochiste, nous sommes obligés de converser debout au milieu de cette foule de mémés à fichu qui épient nos moindres paroles. Encore heureux qu'elles ne parlent pas le français aussi couramment que vous depuis votre exil parisien, dans les années 90. Autrefois tous les Russes parlaient ma langue : Dostoïevski avec ses enfants, Tourgueniev avec Flaubert, Nabokov avec

Pivot, et Gabriel Matzneff avec moi. Aujourd'hui l'habitude s'en est perdue, l'anglais l'a supplanté comme partout. Des Cosaques parisiens il ne reste dans mon idiome que le mot « bistro » (qui veut dire « vite ») ; cela dit, c'est un terme que j'emploie très souvent, ce n'est pas négligeable. Parler une langue morte nous protège des oreilles indiscrètes. Mais la station debout, franchement, n'incite pas à demander le pardon des péchés ! Et vos messes qui durent quatre heures (six, bientôt, à Pâques) ne sont pas recommandées les lendemains de fêtes ! La dernière fois qu'on s'est vu, je vous comparais à un psychanalyste, mais chez Freud au moins on pouvait s'allonger...

Je m'en veux terriblement de ne pas vous avoir donné de nouvelles depuis des mois : j'ai été retenu par mon travail. J'ai dû rentrer à Paris pour assister à quelques réunions clientèle. Je dois dire que l'ambiance là-bas est encore plus morose qu'à l'époque où vous disiez la messe à la cathédrale Alexandre-Nevski, rue Daru : l'hiver a beau être moins rude qu'ici, les Français dépriment davantage que les Russes. Que voulez-vous : ils n'ont pas encore renoncé à leurs illusions, ils cherchent toujours la lumière au bout du tunnel, ils sont attendrissants. Pardon ? Oui, certains gardent même la foi en votre Seigneur, il est vrai. Mais dans les agences de mannequins, ils sont minoritaires. Pour pallier l'absence d'espoir, la plupart se saoulent de plaisir, comme moi. Je peux vous faire une confidence ? Après tout, je suis là pour ça. Je pense que la majeure partie de vos fidèles russes se réfugient en Dieu sans y croire vraiment, juste parce que Dieu est préférable au capitalisme. Ce retour aux sources fournit une réponse toute faite pour éviter de se tourmenter depuis la chute du régime soviétique. L'hédonisme mondialisé mise sur le même principe que le pouvoir stalinien : des menteurs qui s'adressent à des crétins. Mais le capitalisme est plus vide que le communisme : c'est la première religion pessimiste. Alors, Dieu… c'est mieux que le goulag et moins cher qu'une Bentley. Quel étrange siècle… C'était bien la peine de faire la révolution soixante-dix ans pour finir par transformer Moscou en Las Vegas, et retourner à l'église confesser nos turpitudes.

Je vous assure que la plupart des athées que je croise ont la même préoccupation que vos ouailles récemment libérées : éviter de réfléchir. C'est un boulot à plein temps que de fuir les questions qui fâchent. Suis-je heureux, amoureux, merdeux ? Suis-je un mort-vivant abandonné sur une terre aride ? Ai-je une raison de vivre et de payer autant d'impôts ? Comment faire pour rester viril dans un monde matriarcal ? Par quoi allons-nous remplacer Dieu cette fois-ci : une webcam, un martinet ou un chien de compagnie ? Pour meubler leur solitude et tromper le silence, les mécréants achètent des voitures à crédit ou téléchargent des chansons, picolent dès le déjeuner, prennent des excitants le matin et des somnifères le soir (parfois l'inverse), font défiler des prénoms sur leur portable, disent je t'aime successivement sur plusieurs boîtes vocales, s'abonnent à toutes les chaînes câblées pour adultes, remplissent leur agenda de rendez-vous qu'ils annulent à la dernière minute par crainte de ne pas arriver à parler en public sans fondre en larmes, marchent dans les rues en lisant des sms sans regarder autour d'eux (donc se retrouvent avec de la crotte de labrador sous la semelle droite), se masturbent en lisant *Playboy* ou *In Style*, glapissent de joie quand le capitaine de l'équipe de football fout un coup de boule à un joueur adverse, traversent des centres commerciaux souterrains qui ressemblent à des parcs à thème en enjambant les clochards allongés sur le sol, se battent pour avoir la console de jeux Nintendo Wii avant leur voisin, appellent SOS Médecins à l'aube pour entendre une voix humaine, s'offrent le coffret de la deuxième saison de *Six Feet Under* en DVD qui restera sous Cellophane parce qu'ils préfèrent se toucher devant des bandes dessinées sadomasochistes et, le reste du temps, courent en sens inverse sur un tapis roulant pour oublier que la couche d'ozone s'amenuise d'heure en heure. L'industrie du confort prévoit une quantité effrayante de distractions pour occuper notre esprit. Ce n'est pas une nouveauté (Platon et Pascal avaient remarqué depuis longtemps que l'être humain fuit la réalité) mais le phénomène s'est accéléré. L'homme n'a plus qu'une idée : se changer les idées. Il fuit quelque chose, mais à mon avis, fuir c'est comme chercher à l'envers. Qu'est-ce qu'on cherche alors ?

L'amour, vous croyez ? Oh pitié, épargnez-moi votre prêchi-prêcha. Dieu ? Encore une utopie. On rêve d'un rêve. Cela veut dire qu'on dort debout, comme vous en m'écoutant.

2

— Messieurs, notre but est simple : que trois milliards de femmes aient envie de ressembler à la même. Et mon problème est de trouver laquelle.

Pas mal comme entrée en matière, non ? À Paris j'ai présenté les Polaroids du casting Aristo Moscou au siège de L'Idéal, vous savez, cette crémerie cancérigène pour joues dont je vous ai parlé la dernière fois. Malheureusement, après ma phrase d'introduction, j'ai fait un bide total : aucune nana ne leur a plu, ils s'impatientaient, ils voulaient vraiment rajeunir le visage de leur marque pour les années à venir, et l'enjeu était tellement important que mes clients furent incapables de prendre la moindre décision. Les filles que je proposais avaient toutes un truc qui n'allait pas : Yurgita était trop jeune, Katarina trop vulgaire, Tania trop grande, Irina trop souriante, Olesya trop maigre, Ksenia trop chaudasse, Dana trop gentille... Je faisais baver d'envie des chefs de produit qui ne rencontreront jamais de leur vie une fille pareille (sauf dix minutes sur le shooting, où elle leur tendra la main sans les regarder, avec des bigoudis sur la tête et le portable à l'oreille, souriant poliment avant de raconter sa vie sexuelle au maquilleur). Faire la fine bouche était le seul moyen pour les équipes de L'Idéal de venger leur frustration sexuelle : pour la première fois de leur existence, ils avaient du pouvoir sur les Belles.

— Celle-là est trop marquée slave.

— L'autre était bien mais son grain de beauté fait trop Cindy Crawford.

— Vous n'avez pas la même en plus occidentale ? en moins eighties ? en plus glowy ? en moins pulpy ?

— Il en faudrait une qui parle français pour les RP télé.

— Vos filles sont trop girly et pas assez wild.

— Oui, c'est vrai, on ne veut pas junioriser la marque.

— Il faut du rock'n'roll, du glam, que ça… swingue ! (toux gênée) je veux dire… que ça trashe.

— Attention, on est une marque mainstream.

— Oui mais maintenant le trash est mainstream !

Le mec qui a dit ça s'est essuyé le front avec une serviette en papier sur laquelle était gaufré le logo : « L'Idéal – Because you are all unique. »

— Il faut être dans l'avenir, dans le mouvement, dans le risque.

— Pourquoi pas organiser une paparazzade où une de vos nanas snifferait un gros trait de produit ? ça a bien relancé la carrière de la Kate.

— Je suis déçu, c'est trop prédictible.

— On ne peut pas greenlighter en l'état.

— Elles sont toutes en torpeur. Elles manquent de présence. Elles sont disposables.

Un transsexuel sud-coréen est arrivé en retard en faisant un signe de son éventail signifiant « continuez, je ne suis pas là », preuve qu'il devait être la seule femme importante de la réunion. Très grande diva mutante (sosie de Grishka Bogdanoff), aux pommettes grises refaites, portant une veste décolletée et près du corps, avec de longs cheveux serrés en catogan, la « shemale » a caressé sa queue de cheval qui pesait 25 millions d'euros d'achat d'espace annuels.

— Je me disais : quitte à prendre une Russe, pourquoi pas une Tchétchène ?

— J'adore l'idée !

— Lee, you're so bright !

— Une Tchétchène susciterait de massives retombées annexes.

— C'est bon, ça ! Pour l'image de L'Idéal, ça fait humanitaire, ça fait charity, c'est vachement brand-rétribuant.

— Une musulmane ne cadre pas avec nos best-practices, mais on peut bousculer les codes. Faudra quand même double checker ça avec les directeurs de zones.

— Si c'est benchmarketé, j'achète à 800 % !

— Attends, tu veux une Tchétchène qui sniffe ou une Tchétchène normale ?

— Très drôle. Shut the fuck up. Too many jokes.

L'ex-directeur général était devenu la directrice générale de L'Idéal Paris International en changeant de sexe comme l'un des deux frères Wachowski.

Cette femme récente (il venait de se faire implanter une paire de 90C) était l'une des personnes les plus puissantes au monde : le goût de Lee Chan-Yong déterminait l'apparence de milliards de consommatrices. Quand il l'ouvrait, tous les autres directeurs fermaient leur bouche : les responsables d'axe, les directeurs de division, les chefs de groupe et les chefs de produit avalaient soudain leur langue. Un homme capable de changer de sexe devait forcément s'y connaître en féminité. Sa parole avait plus de poids que celle de n'importe quel homme ou femme, puisqu'il était les deux. Lee Chan-Yong était allé plus loin que tous ses confrères pour mieux comprendre ses clientes : l'ablation définitive de son pénis était tout de même un sacré gage de conscience professionnelle. J'ai vite compris que je ne vendrais pas de chair fraîche cette fois-ci. Je pouvais remballer ma cargaison de « miasso ». J'avais envie de dire aux clients :

— Comment osez-vous critiquer ce casting ? Regardez mes Belles, puis regardez vos femmes !

Mais je me suis contenu, ne connaissant pas l'épouse de la drag-queen qui dirigeait la boîte. Aristo a très peur que L'Idéal nous mette en compétition contre une autre agence, ou nous quitte sans préavis, voire pire : qu'ils signent une actrice de cinéma. J'ai une pression infernale, si j'ose employer pareille épithète dans la maison de Dieu. Mais « que faire ? » comme disait le camarade Lénine. Je ne vais tout de même pas aller pécho une Tchétchène à Grozny sous les bombes… Je peux vraiment dire que j'ai networkisé partout : je suis devenu l'ouvrier

Stakhanov du clubbing, le Goy errant. Je me suis renseigné auprès de tous les playboys hétérosexuels de Moscou, j'ai demandé à tous les baiseurs frénétiques de la jeunesse dorée russe de m'indiquer les jolies filles de leur connaissance, noté des centaines de numéros de cellulaires, fixé autant de rendez-vous et subi presque autant de lapins, fréquenté le Turandot, le Gazgolder, le Kricha, le Podval et le Luba tous les soirs en quête de petites fesses et de gros seins (eux-mêmes en quête d'oligarques affamés), je suis même sorti de votre empire, je suis allé à Kiev, Riga, Vilnius, Sofia, Varsovie, Belgrade, Zagreb, Bucarest, Budapest (en Europe orientale même les noms se ressemblent : tu crois que t'es en Roumanie, eh non t'es en Hongrie, banane!), j'ai écumé tous les Fashion Lounges où les filles qui défilent sur les plasmas sont des naines comparées à celles qui servent au bar, j'ai la carte de fidélité de tous les Private Gentlemen's Club d'Europe de l'Est. J'ai même sympathisé avec Gulliver (le boss du Diaghilev) et Sasha Sorkin (celui du Cabaret et du GQ), tout cela pour rentrer bredouille à Paris. Je commence à douter de mon savoir-faire.

3

Ce n'est pas grave : au pire, je me serai bien amusé. Vous savez, j'ai vécu pas mal de trucs depuis qu'on s'est perdu de vue à Paris : à l'époque je travaillais dans une agence de publicité, j'ai fait le tour du monde, puis j'ai écrit un bouquin pour me faire virer, j'ai même fait un peu de taule pour complicité de meurtre, une sordide histoire qui m'est arrivée par une nuit d'ivresse, en Floride... Ensuite j'ai fait de la télé en France pendant 99 jours, c'était n'importe quoi, je me cherchais... Depuis que j'habite ici, j'ai l'impression de m'être trouvé. C'est louche : je n'ai jamais déprimé à Moscou. J'ai cru que j'étais à l'abri, entouré de jeunes porteuses de push-ups aux cheveux ondulés que j'emmenais dîner au Pouchkine ou au Prado, avant de les faire sauter sur mes genoux au First, près du fleuve lent... Je leur disais :

— Embrasse ma montre, c'est ce qu'il y a de plus cher sur moi.

Certaines la léchaient, la mordillaient, la gobaient. Je ne leur mentais pas assez pour qu'elles s'amourachent. Je les ramenais toujours chez elles avant d'écumer les bordels en solitaire (à Moscou ils appartiennent tous à un Français). Il y avait aussi ce restaurant génial : La Cigogne (Aist), où l'on se faisait régulièrement tirer dessus par des gangsters. Éviter les balles dans une fusillade est un sport moscovite très prisé : l'équivalent du slalom géant dans nos Alpes. Les lendemains de beuverie, j'allais aux bains Sandunov me faire fouetter avec des branches de buis dans un hammam surchauffé, par de gros lutteurs au dos poilu. Lorsque mon corps était violet, ils me plongeaient dans un bac en bois d'eau glacée, puis me balançaient à la figure des seaux d'eau brûlante, et là je devais éclater de rire en me flagellant encore avec des rameaux de thé pour prouver que j'étais un homme. La gueule de bois disparaissait progressivement de mon organisme, remplacée par la douleur pure et simple. En Russie, la souffrance physique sert à oublier la souffrance morale.

Pour les filles les plus coriaces, celles qui refusaient vraiment de considérer mon existence, j'avais une botte secrète : après mon opération de la myopie, le chirurgien m'avait prescrit des gouttes d'Hylocommod à instiller pour hydrater la cornée. J'allais aux toilettes et m'en versais jusqu'à ce que mes yeux débordent. Mes fausses larmes attendrissaient les plus récalcitrantes ; certaines tombaient même amoureuses dans l'instant (les garçons russes ne pleurent jamais, sauf au service militaire). Je n'hésitais pas à citer Tourgueniev : « Sentiments timides, douce mélodie, franchise et bonté d'une âme qui s'éprend, joie languide des premiers attendrissements de l'amour, où êtes-vous ? » Ce coup-là, personne ne le leur avait jamais fait. Un Français qui chiale en déclamant un paragraphe de *Premier amour*, elles tombaient dans le panneau. À Moscou les mecs n'enjolivent pas la drague. Ils sont plutôt directs : ils boivent comme des trous et se défoncent les naseaux parce qu'ils ont la trouille, ce sont des gaillards baraqués en costard cintré anthracite Roberto Cavalli qui font dans leur froc comme des lopettes face aux fées graciles qu'ils n'osent pas aborder. Quand ils se décident finalement, ils sont saouls, n'ont plus beaucoup de temps pour parler, ils deviennent brutaux et les agressent de leur haleine fermentée, en les tirant par le bras ; ça leur laisse parfois des marques bleues. Certaines aiment bien ; elles s'y sont habituées. Tout ce que je peux vous dire, c'est que ma méthode contrastait. J'étais le pleureur fluet qui cite des poètes morts tout en proposant un contrat faramineux avec le leader mondial de l'industrie cosmétique. Des ravages, je vous dis. Je ne pourrai jamais me réhabituer à une autre vie. Je ne sais pas comment font les mecs normaux, ceux qui se contentent d'une seule et même femme pendant des décennies. Il en existe encore, mon père ?

Mon romantisme professionnel ne m'empêchait pas de considérer les jeunes modèles comme du bétail ; j'étais incapable de ressentir quoi que ce soit pour ces filles, quand je les ramenais au son de la *Danse des adolescentes* de Stravinsky dans ma bagnole (après cinq heures de techno au Diaghilev, les tendrons ne savaient même pas que ce club portait le nom de l'inventeur des Ballets russes !). Je les voyais comme des petits faons à capturer dans mon zoo humain. Pardon, mon métropolite ! J'étais soulagé de trouver des nanas plus obéissantes que dans mon pays natal, des beautés qui n'allaient pas me castrer tout de suite. Est-ce un hasard si, en anglais, esclave se dit slave ? À vrai dire, j'avais oublié qu'il existait des femmes capables d'être magnifiques sans pour autant émasculer les hommes. Je découvrais la condition masculine d'avant la condition féminine. Il exista probablement une époque où toutes les femmes baissaient les yeux comme de petites Russes : idylliques poupées faisant mine d'être dévouées pour mieux diriger les opérations. Je ne suis pas misogyne mais je constate que le féminisme a supprimé l'humour qui permettait aux hommes et aux femmes de ne pas se combattre. Quelqu'un a sifflé la fin de la récréation. Maintenant que nous sommes égaux, nous ne nous amusons plus. Désormais nous sommes concurrents dans une course solitaire.

J'aimais aussi leur pauvreté, la façon dont elles se donnaient trop vite contre un room service au Marriott, leurs vêtements d'imitation, les fausses fourrures, les bijoux en toc, les eaux de toilette à bas prix puant la rose de synthèse... tout ce qui me rappelait leur misère m'excitait au plus haut point. Une fois, l'une d'elles me demanda un ticket de métro pour rentrer chez elle. Fou rire intérieur ! Un coup de fil à Sergueï et elle ne se déplaça plus autrement qu'en Hummer stretch : les industriels savent récompenser le travail bien fait.

4

— Octave, t'es sûr que t'as pas une petite bombe tchétchène sous la main ?
— WOWOWOOO ! Putain boss, tu veux nous suicider ou quoi ? Ne JAMAIS dire des trucs pareils à haute voix dans un aéroport russe ! Pardon, il plaisantait, c'est rien, monsieur le douanier, ses papiers sont en règle, c'est un francuski, vous connaissez notre lourdeur... Acceptez ce billet de 100 dollars en guise de dédommagement, pajalousta, diplomat, dokumenti, on peut doubler la queue ? Ambassad, Government, friend of President Putin, da da, spassiba.

Bertrand, mon bien-aimé patron chez Aristo, se rongeait les sangs en sortant de chez L'Idéal, et dès son arrivée à Moscou, il a demandé à visionner toutes les Tchétchènes castées depuis 1991. Je crois qu'inconsciemment il était un peu amoureux de Lee Chan-Yong, le dégé hermaphrodite de L'Idéal. Il n'avait qu'une obsession : ne pas le décevoir. Mais j'avais déjà checké bien sûr : on n'avait rien de vendable en magasin. Nos plus récentes mannequins tchétchènes devaient être mères de famille ou ensevelies dans des charniers. J'ai fait visiter à Bertrand la maison de L'Idiot, dans le village de Jukovka, avec l'étage discothèque-armurerie-stand de tir pour pistolet-mitrailleur, l'étage piscine chauffée, l'étage boudoir oriental narguilé à coussins, l'étage salle de cinéma climatisée, l'étage loft mélangiste design et l'étage terrasse en teck avec jardin d'hiver, palmiers, solarium et héliport. Il a préféré s'allonger à l'étage oriental devant un dvd de *Lassie*. Milana, l'assistante personnelle de Sergueï, et deux Ouzbèques pubescentes lui ont servi le plov[1] sur le ventre, je crois pouvoir dire que c'était border line. Certes, je n'ai pas vendu de visage à Paris, mais avec la vidéo que Sergueï a tournée à son insu, Bertrand ne peut plus me licencier.

N'est-ce pas le même homme qui, en m'embauchant il y a un an avec un maigre salaire fixe, m'a fait valoir que le plus merveilleux dans ce métier, c'étaient les avantages en nature ? Ne jamais oublier que les agences de mannequins ont toutes été créées par des mecs très laids qui voulaient coucher avec des femmes très belles, et qui y sont parvenus au-delà de toute décence.

---

1. Ragoût de mouton mort bouilli dans son gras 1 heure avec des légumes marron qui flottent à la surface et du riz huileux : plat traditionnel exquis qui nous vient de Samarkand. À ne goûter qu'en cas de conflit militaire imminent avec une des Républiques jouxtant la mer d'Aral. *(Note de l'auteur.)*

Tchiort ! Elle se cache forcément quelque part, la femme que toutes les Terriennes voudront copier. Pour la dénicher, je vais à nouveau devoir organiser ce que je déteste le plus au monde : un concours de beauté « Aristo Style », avec défilé de vierges et contrat cosmétique à la clé. C'est la solution miracle : on placarde des affiches dans les villes de province et on imprime des annonces dans la presse locale. « Vous êtes une Tchétchène sexy et fraîche ? Osez vivre l'aventure exceptionnelle de notre grand casting. Inscrivez-vous dès aujourd'hui sur www.aristostyle.com et devenez la nouvelle égérie mondiale de la prestigieuse marque L'Idéal. Attention : pour participer il vous faudra nous faire parvenir deux photos en couleurs (un portrait face et un portrait en pied) et posséder un passeport à jour. L'agence se chargera de faire établir les visas pour la ou les lauréates. » Il suffit d'offrir à la gagnante une séance de shooting dans un placard à balai et elle se croit arrivée (au bas du bulletin d'inscription figure une note qui stipule que la société L'Idéal ne s'engage que sur les retombées locales de l'événement et que les photographies du défilé sont exploitables worldwide sans contrepartie, faut pas nous prendre pour des benêts non plus). Je suis fier de ma trouvaille de titre pour le flyer : « BIENTÔT VOUS SEREZ TOUTES UNIQUES ». C'est toujours agréable de se moquer des puissances qui vous entretiennent. Le bouche à oreille prend le relais, puisque, à part les excursions du fils de Philippe Tesson, il ne se passe pas grand-chose de glamour à l'est de la Volga. À chaque fois qu'on est bredouille, Bertrand me suggère de monter une finale de ce genre et ça ne manque pas : on loue un vieux théâtre, 300 inconnues se pointent et l'on n'a plus qu'à piocher dans le tas. Bon, ce n'est pas si simple : il faut parfois payer le voyage, l'hébergement dans un hôtel miteux, et une nourriture pas trop pourrie sinon elles ont des boutons sur la gueule. On leur apprend à marcher sur un catwalk, on leur enseigne le port de tête, on les numérote, elles font deux passages différents (avec vêtements, puis en maillot de bain), on leur met des notes sur 10 devant leur famille qui les filme avec des vieux caméscopes à manivelle, on les fait danser sous les projecteurs en petite culotte et à la fin on en vexe 299. Les pauvres chéries. Pour se marrer, on leur tend des pièges : par exemple, poser une pile de jolis paréos dans les loges. Celles qui défilent avec un paréo autour de la taille sont éliminées direct (selon l'axiome de la plage de Bidart : « qui dit paréo autour de la taille dit gros cul en dessous »). Carmen Kass a été révélée par un concours de ce genre à Paide, en Estonie. Elle était Miss Järva-Jaani à 14 ans quand Eric Dubois l'a découverte sur les plages de la Baltique. Pareil pour Gisele Bündchen, lauréate du concours Elite Model Look au Brésil. Bien sûr que ça fonctionne, je ne critique pas, je dis juste que cette méthode a moins de classe que l'autre. Le scouting à l'ancienne, au débotté, dans les rues et les bars, ça demande du cran, de l'audace, le sens de l'improvisation, le goût du risque, il faut les séduire, les faire marrer, les rassurer, les mettre dans sa poche. Ce n'est jamais gagné d'avance. Vous avez déjà essayé d'évangéliser des filles de 13-14 ans, mon père ? Pas simple, hein ! Il y a des mecs qui sont devenus des légendes dans cet art, car oui, c'était un art, je le maintiens. Ils allaient à l'abordage, la fleur au fusil et sans filet. Ils risquaient le vent, la loose. Ils jouaient à armes égales. Certes les chasseurs de filles n'ont jamais pratiqué l'amour courtois, mais au moins ils s'exposaient à l'humiliation, essuyaient des refus, se ridiculisaient tous les soirs de la semaine. C'est fini tout ça : avec internet, la drague s'est rationalisée, il suffit de passer une petite annonce et elles viennent par milliers s'humilier en public pour trois roubles cinquante dans un spectacle prévendu worlwide. On liste des critères et les noms tombent avec des portraits, des adresses mail ; le girl scouting a perdu toute poésie avec le numérique. Le monde a changé : autrefois c'était nous qui étions à leurs pieds ; à présent ce sont les filles qui nous supplient. Demain elles se révolteront, saccageront nos salles de congrès, incendieront les locaux de nos agences, prendront en otages nos bookers ! La première Glam-révolution, retransmise live sur Fashion TV, se passera ici, en Russie, puisqu'ici, comme en France, les révolutions sont un hobby national. Et je vais vous faire une confidence, padre. J'ai hâte qu'une de ces déesses promène ma tête au bout d'une pique.

5

Comment, que dites-vous, mon starets ? Vous connaissez une Belle ? Attendez un moment, pajalousta, laissez-moi sortir mon carnet de notes, je vous écoute, merci de me témoigner votre confiance, je vous jure que je vais changer, je ne veux plus être le même, vous êtes mon sauveur, je veux vivre autrement. Nom, prénom ? Doytcheva, Lena. Ça s'épèle comment ? Da. Elle est belle ? Allons bon, un ange de plus, il y en a déjà plein votre église. Elle est tchétchène ? Tant pis, on mentira. Non, non, pas du tout mon père, je ne doute pas de votre jugement, mais avouez que la situation est un peu saugrenue : jamais je n'aurais imaginé que vous alliez me présenter la fille d'une fidèle ! Elle rêve de faire ce métier mais vous ne l'avez jamais rencontrée ? Ma foi, les filles qui rêvent de gagner des millions à ne rien foutre sont nombreuses, mais cela n'en fait pas pour autant des Doutzen Kroes. J'espère qu'elle est moins barbue que vous ! Je plaisante, mon père. La créature a un numéro de portable ou une adresse ? Elle est au lycée à Saint-Pétersbourg ? Parfait, c'est justement là-bas que je comptais organiser mon model search contest, cela tombe bien, spassiba infiniment. À Saint-Pét, le mouvement « résistance civique » nous filera un coup de main, les jeunes sont plus courageux en dehors de Moscou. Pas question d'aller en Tchétchénie, trop dangereux ! Les bombes, je les préfère sexuelles, et les attentats, à la pudeur. Je n'ai pas choisi d'être model scout pour me retrouver à crapahuter dans des pays en guerre entre une mine antipersonnel et une grenade à fragmentation. Je l'appellerai de votre part pour le casting et on la présentera à Bertrand comme une finaliste de Miss Tchétchénie. C'est surréaliste, non ? Il n'est pas certain que la police laisse faire : chez vous, les espaces publicitaires se négocient avec une agence contrôlée par l'administration présidentielle, et Poutine ne nous laissera jamais élire une Tchétchène, même bidon ! Mais tant pis, c'est rigolo d'essayer, et quand elle sera star, ils n'oseront plus nous tuer. Je ne pensais pas recruter dans votre cathédrale. Vous me direz : s'il ne se passait rien d'irrationnel dans une église, je ne vois pas où le surnaturel aurait cours. Elle a les pommettes proéminentes, au moins ? Et les dents alignées comme des touches de piano ? Et les yeux en amande, une bouche charnue, un regard de biche effarouchée ? Pardonnez ce questionnaire de maniaque, mais si cette confession doit tourner au rendez-vous de boulot, autant être précis. A-t-elle un regard de brume, les lèvres cramoisies, le teint diaphane, le visage ovale comme un œuf de Fabergé ? « À ce qu'il paraît » est vraiment une réponse de jésuite. On peut être jésuite et orthodoxe à la fois ? De même qu'on peut être tchétchène et habiter Saint-Pétersbourg... L'autre jour, un collègue m'annonçait un arrivage de Tchétchènes lascives : rien que des anorexiques traumatisées par les viols des soldats russes, et les seules comestibles étaient déjà enceintes. « Désolé, leur ai-je dit en pointant mon front, y a pas marqué Amnesty International ici ! » Nous ne sommes pas là pour aider à la réinsertion des orphelines opprimées. Mais je convoquerai votre petite chrétienne. J'ai confiance en votre jugement. Un homme qui fréquente la Sainte Vierge doit forcément s'y connaître en fées mineures.

6

Votre confiance m'honore, sachez-le, et je saurai m'en montrer digne. Je suis venu vous voir parce que je veux devenir un autre homme. Je me déteste infiniment. La quête d'identité, la recherche de soi, gnagnagna, j'ai longtemps pensé que c'était du baratin. Pourtant je me fatigue… Vous savez, c'est à Paris, l'année dernière, qu'est née ma manie de tourner autour des églises la nuit. C'est ainsi que nous nous sommes rencontrés, souvenez-vous, l'hiver dernier ! À Paris, chaque fois que j'étais en descente, j'errais vers Notre-Dame, Saint-Sulpice ou Saint-Thomas-d'Aquin à la recherche d'une dose d'eau bénite. Mais mon refuge préféré était la basilique Sainte-Clotilde, à l'angle de la rue Las-Cases et de la rue Casimir-Périer dans le VIIe arrondissement : vous ne connaissez pas cette église ? Allez-y faire un tour, quand vous reviendrez en France, c'est un des plus jolis lieux de pèlerinage du pays : une double flèche néogothique du XIXe siècle sur une petite place en face d'un square où gambadent des enfants en manteau Bonpoint gardés par des nurses philippines. Dans cet arrondissement, je peux vous garantir que la religion est l'opium de l'élite. Je m'agenouillais régulièrement sous ses ogives non nucléaires, affrontant le regard ombrageux des croyants friqués, et quand la porte était fermée parce qu'il était cinq heures du matin, je m'allongeais ventre à terre sur la dalle de pierre déserte, le cul poussiéreux éclairé par quelques reverbères compatissants, et je criais.

Jésus était lumineux toute la nuit sur le parvis, il m'ouvrait les bras et il était bien le seul dans cette ville morte. Je ne sais s'il s'est sacrifié pour nous, mais je sais qu'on se sent apaisé quand on lui rend régulièrement visite. J'aime bien son regard de Dieu qui s'est fait homme et qui s'aperçoit, mais un peu tard, de son erreur. Il nous contemple gentiment, sans mépris (mais un peu consterné quand même), semblant dire la même chose qu'à Thomas dans l'Évangile de Jean : « Heureux ceux qui croiront sans avoir vu. » Il est cool, ce barbu modeste. Il débarque pour nous sauver et nous, pour le remercier, on le torture, on l'assassine, et il nous pardonne notre ingratitude. Jésus-Christ : c'est nous qui l'appelons au secours et c'est lui qui nous demande pardon. Il ne se la pète pas, pour un fils de Dieu. J'ai connu des « fils de » qui se la racontaient vachement plus que Lui. Quand je pense qu'il nous a ouvert les bras et qu'on en a profité pour le clouer sur place comme Nabokov avec ses papillons !

Pourquoi les églises sont-elles fermées la nuit, au moment où l'on en a le plus besoin ? Parfois, je m'endormais sur le sol, devant la porte. À mes ronflements, les pigeons pouvaient deviner que je ne priais pas. Le reste du temps, je ressemblais à une crêpe. Une crêpe en costume Hedi Slimane. Les bras en croix sur le sol, j'enviais les arbres : eux au moins avaient des racines. Jusqu'alors, j'avais complètement oublié ma formation catholique et voici que, tout d'un coup, je demandais pardon au ciel sous prétexte que j'étais en dépression nerveuse. Amusant, non ? Je laissais parfois rouler quelques larmes intempestives sur mes cernes noirs et ma barbe neuve. Si vous saviez comme il me soulageait d'arrêter de sourire. Le rictus antidésespoir est une gymnastique épuisante. Non, je n'avais pas de visions comme sainte Thérèse d'Avila : s'il vous faut des références, je préfère citer Durtal, l'écrivain qui s'enferme à la trappe de Notre-Dame-de-l'Atre dans *En route* de Huysmans... Dans ma poche j'avais aussi *L'Homme de désir*, de Louis Claude de Saint-Martin (1790) : « À tous les instants de notre existence nous devons nous ressusciter des morts »... restons chic.

Je venais de comprendre qu'au lieu d'aimer des femmes inaccessibles, je ferais mieux d'adorer l'Éternel Absent. Quitte à être fou de quelqu'un qui n'existe pas ! Je ne voyais pas pourquoi je refusais d'aimer Dieu, le plus grand poseur de lapins. Au « Credo quia absurdum est » du vieux Tertullien (« je crois parce que c'est absurde »), je voulais opposer un nouveau credo : « je crois parce que ce n'est pas plus absurde que le reste ».

Voilà : je voulais tordre Tertullien pour le rendre camusien. L'absurdité universelle peut englober l'existence de Dieu ; le non-sens peut avoir du sens. Dieu est aussi absurde que moi et je ne comprends pas pourquoi Camus n'avait pas la foi. Je crois qu'il croyait sans le savoir. Merci de votre bienveillance, mon père, je savais que ma chanson de geste vous attendrirait. Mon corps faisait un avec le bitume. Mais comment devenir le sel de la terre quand celle-ci est en béton armé ? On approche du but, vous allez voir.

7

De quoi me plaignais-je en fin de compte ? De broutilles : mon mariage s'écroulait une fois de plus ; j'étais incapable de m'occuper d'une femme ; je rentrais chez moi de plus en plus tard, tellement tard qu'il était de plus en plus tôt ; à 40 ans je commençais à en avoir marre de me comporter toujours comme le même garçonnet immature avec son cortège de vaudevilles et de portes qui claquent. Ma vie amoureuse répétait toujours le même cycle : j'allais à une fête, je rencontrais une femme merveilleuse, extraordinaire, bouleversante, je lui déclarais ma flamme jusqu'à ce qu'elle tombe amoureuse, puis on s'installait ensemble et je me retrouvais interdit de sorties, en train de me faire engueuler par une parano hystérique qui gobait des antidépresseurs et des somnifères. Et le cycle recommençait : je mentais de plus en plus mal, j'allais à une fête, je rencontrais une autre femme merveilleuse, extraordinaire, bouleversante qu'à son tour j'allais transformer en harpie agressive, en sorcière possessive, en vipère haineuse. C'est incroyable le don que j'ai pour rendre laides les plus jolies femmes ; un talent incomparable. Un soir, mon épouse m'avait dit : « T'es un tellement mauvais coup que je suis obligée de penser à mon vibromasseur pour jouir ! » Ne riez pas, mon starets, ce genre de chose n'est pas très agréable à entendre. Quand je lui demandais comment elle faisait pour aimer *La bête qui meurt* de Philip Roth tout en fouillant mes poches à la recherche de capotes, elle répondait intelligemment : « J'aime lire Philip Roth, mais jamais je ne l'aurais épousé ! » Donc non seulement je n'étais pas libre, je devais sacrifier mes désirs, réprimer ma libido d'homme génétiquement programmé pour multiplier les conquêtes, me retenir d'être viril, bref, tuer la bête qui me constituait, mais en outre j'étais un serial heartbreaker qui détruisait des femmes sensibles et mon appartement ressemblait de plus en plus à une annexe de Guantanamo. Est ce de notre faute, à nous les hommes, si notre corps a été conçu de la sorte par votre Créateur ? Pourquoi devrions-nous sans cesse nous justifier d'être ce que nous sommes ? Pourquoi nos épouses nous demandent-elles de nous suicider tous les jours ? Pourquoi aucun mari n'a-t-il le courage de dire tout simplement la vérité à sa femme ? « Chérie, je t'aimerai toujours, tu es vraiment faite pour moi, mais j'ai envie de faire l'amour à d'autres femmes que toi. Cela te paraît insupportable alors que c'est toi qui es insupportable : tu contestes tout simplement l'essence même de ma masculinité. Il n'est pas très grave que je couche avec d'autres femmes si tu n'enquêtes pas sur tous les détails et ne lis pas mes e-mails. Tu peux faire la même chose, je ne te l'interdis pas, au contraire ça m'excite de te savoir désirée par d'autres hommes car comme tous les mecs je suis un pédé refoulé. Ta jalousie est tellement réac que tu es à toi seule la preuve de l'échec de la révolution sexuelle. Tu veux profiter des acquis de la révolution féministe mais tu veux aussi la restauration du couple à l'ancienne. Tu ne m'aimes pas : tu veux me posséder, ce n'est pas la même chose. Si tu m'aimais comme tu le prétends, tu aurais envie que j'aie tout le temps du plaisir, avec ou sans toi, comme je te le souhaite aussi, avec ou sans moi. Je vais être obligé de te quitter pour cette stupide et néanmoins – ma décision le prouve – extrêmement importante raison : j'avais besoin de toucher d'autres corps que le tien, afin de vérifier que c'était le tien que je préférais. Adieu, dragon de ma vie, incapable de comprendre ce qu'est un mari. Je te suggère le suicide ou le lesbianisme comme issue à ton ignorance des fondements de la virilité. Regarde-moi bien : tu ne vas plus me voir. C'est en voulant me posséder que tu viens de me perdre. » Un matin j'avais récité une lettre de Tchekhov à une psychiatre, avenue de la Grande-Armée (adresse logique, puisque je venais de déclarer la guerre aux femmes) : « Le bonheur qui continue de jour en jour, d'un matin à un autre matin : je ne le supporterais pas. Je promets d'être un excellent mari, mais donnez-moi une femme qui, ainsi que le fait la lune, n'apparaisse pas quotidiennement à mon horizon. » Au bout d'une heure à 120 euros, j'avais conclu mon monologue par une question : « Enfin voilà docteur, je bois tous les soirs pour séduire toutes les filles qui n'habitent pas chez moi, bref je suis un mec normal, je ne suis quand même pas malade, si ? » et elle m'avait regardé calmement avant d'ouvrir son agenda et de lâcher : « Il va falloir augmenter la fréquence de nos rendez-vous. » Je n'y suis jamais retourné : à la place je me suis acheté un tee-shirt « I'M MARRIED. PLEASE SHOOT ME ». Et je suis parti pour Moscou.

8

Moi tout ce que je voulais (mais je l'ignorais alors), c'est être materné le plus longtemps possible. À l'adolescence notre mère cesse de nous toucher. Elle nous lâche dans la nature et à partir de la puberté notre corps n'est plus assez serré, bercé, trituré, léché, câliné, tâté, massé. C'est une certitude : la peau de l'être humain a besoin d'un grand nombre de baisers par jour, de même que son estomac a besoin de nourriture ; or elle n'en reçoit qu'au tout début de sa vie (s'il a de la chance) ; à partir de 13-14 ans, on nous effleure moins souvent. Avec la paranoïa antipédophilie, la situation n'a fait que s'aggraver : qui ose frôler un adolescent risque trois ans de détention préventive avant que le juge ne décide si l'ado est mythomane ou traumatisé. L'Occident est foutu. Nos 2 000 cm² de peau ont faim de doigts, nos épidermes sont en manque de lèvres. D'où le succès des spas : les gens sont prêts à raquer des fortunes pour que quelqu'un les palpe une heure (quelques paumes sont préférables à une pénurie de bouches). Nous sommes drogués au désir. Il nous faut notre dose de corps frais et nouveaux, la société nous a formatés pour être embrassés comme des enfants éternellement gâtés, égocentriques et amnésiques. En ce qui me concerne, j'évalue ma ration quotidienne minimale à environ un millier de baisers. Si mon cou n'est pas en contact avec des lèvres mouillées au moins mille fois par jour, je fais une tête épouvantable. Regardez-moi : je ressemble au Premier ministre ukrainien ! Il faudrait corriger le *Notre Père* : « Donne-nous aujourd'hui nos baisers de ce jour ! »

Oui, des baisers, des baisers doux plutôt que de l'amour dur, ah les Russes entre elles, mon père, MON PÈRE SI VOUS SAVIEZ ! J'ai toujours adoré regarder les filles se rouler des pelles, surtout si elles portent des colliers et rien d'autre. C'est très joli ; on ne s'en lasse pas ; tant pis pour vous si vous préférez regarder le ciel plutôt qu'une fille qui dégrafe le chemisier d'une autre pour lui durcir le bout des seins avec un glaçon. J'adore quand elles se tortillent pour défaire leur soutif, on dirait des crotales qui ondulent. Céline disait : « J'ai toujours aimé que les femmes soient belles et lesbiennes. » Il s'est trompé sur beaucoup de choses mais pas sur celle-là. Mais oui, je sais, je peux, je vais changer, devenir quelqu'un d'autre, avec l'aide de Dieu, me débarrasser de l'ancien Octave, celui qui sniffait des rails sur des miroirs pour se mirer de plus près. Marre des filles en Valentino qui mâchent du chewing-gum à la cannelle sur le yacht de Staline (le *Maxime Gorki*), le corps enduit d'huile pailletée et parfumée, oui bien sûr, la croix qu'elles suspendent entre les seins sert à éloigner les vampires, marre des Novi Ruskis qui prient toute l'année ce satané VEAU D'OR, À L'AIDE MON PÈRE, du calme, où en étais-je ?

9

Apparemment, en me débrouillant pour rester séparé de tous ceux que j'aimais, je ne faisais que reproduire mon enfance. Toutes ces simagrées pour ne pas vieillir ! Un bon moyen de rester jeune est d'être puéril. Pour cela, il suffit d'aimer les femmes que l'on n'a pas et de délaisser celles que l'on a. Je n'étais peut-être pas capable d'amour. Quand on n'est pas capable, on est coupable. Je prenais de la drogue pour ressentir les émotions que je ne ressentais plus. Mais qu'y pouvais-je si je désirais toutes les femmes ? Tennessee Williams dit n'importe quoi : le désir n'est pas un tramway, mais une cheville, un galbe de hanche ou de gorge à la chair de poule, une paupière mi-close, une chute de reins, une arête duveteuse d'omoplate penchée, une cambrure de pied dans une sandale vernie ou une marque de bronzage, aperçue dans une échancrure, qui vous détruisent la journée. Je détestais ma banalité mais la vérité est que j'avais peur des femmes et de leur pouvoir grandissant. J'avais peur qu'elles m'échappent ou, pire, qu'elles m'acceptent. J'avais peur de mes mensonges. J'avais peur qu'elles les croient ou, pire, qu'elles ne les croient pas. J'avais peur qu'elles m'aiment ou qu'elles ne m'aiment pas. Je les voulais toutes et je les haïssais de me croiser sans se retourner. Dès qu'elles me disaient oui, je cherchais à m'en débarrasser, et dès qu'elles me disaient non, je m'en éprenais. Les femmes m'étouffaient de leur présence comme de leur absence. Peut-être que je les détestais ? Les femmes avaient de bonnes raisons de haïr les hommes depuis des millénaires. Pour se venger de siècles de domination masculine, elles voulaient notre malheur, nous dompter, nous domestiquer, nous nier, nous séquestrer. Elles commençaient par nous castrer et ensuite elles se plaignaient qu'on ne les baise plus ! Elles nous donnaient la vie et ensuite n'avaient de cesse de nous la rendre impossible. Peut-être qu'à force leur haine était devenue réciproque : les hommes en voulaient aux femmes de ne rien leur pardonner. Je vous l'ai dit : c'était la guerre. La prochaine guerre n'opposera plus des pays ou des religions : ce seront les hommes contre les femmes, et l'affrontement sera autrement plus violent. En attendant, tous les hommes vont devenir misogynes, puis gays. Peut-être l'étais-je déjà mais, en ce cas, pourquoi désirais-je tout le temps caresser des seins sphériques et des cheveux soyeux ? On ne devrait jamais se forcer à coucher avec des femmes, quand on est une tapette. Je ne crois pas que je sois homosexuel car une chose est certaine : quand j'étais avec une femme, je regardais toujours les autres, et cela leur faisait mal, mais à moi aussi cela faisait mal, et cette douleur-là, la deuxième, celle de l'homme qui ne peut réfréner son ardeur, sa curiosité, son ébahissement, personne ne la respecte. La souffrance de *L'homme qui aimait les femmes* de Truffaut n'est pas ridicule, elle mérite d'être considérée. Personne ne respecte son appétit insatiable et son émerveillement devant toute créature nouvelle. Don Juan est toujours un traître minable, un ringard qui salive, un libidineux pathétique. L'ignoble retour de la morale (en particulier celle véhiculée par la « presse people », très puritaine, souvent unique lecture des femmes de moins de 24 ans) montre du doigt, culpabilise, stigmatise le pauvre « désiriste » qui ose poser l'œil sur une autre femme que la sienne. C'est l'obsession la plus niée et vilipendée, alors que c'est celle de tous les plus grands poètes, des peintres, des écrivains et des cinéastes, de tous les êtres qui se shootent à l'extase et rendent un hommage permanent aux cadeaux du ciel, surtout s'ils portent un marcel transparent et un sautoir de fausses perles entortillées.

C'est une de ces nuits où, une fois de plus, j'avais fini allongé sur le parvis de Sainte-Clotilde sans pouvoir bouger que j'ai décidé d'accepter l'offre d'Aristo et de partir pour Moscou. L'idée était de remplacer la drogue par la grâce, et l'hôpital Sainte-Anne par la place Rouge. Oui da, votre sainteté : votre pays m'est tombé sur la tête comme un ciel.

10

Je ne suis ni athée, ni croyant : je suis nulle part et j'attends qu'il pleuve des filles. Au milieu du chaos qu'est ma vie, la religion m'apparaissait comme un beau souvenir d'enfance, une agréable régression, une bouée de sauvetage. Je me suis rendu compte qu'avoir un Dieu est un peu comme avoir un pays, une frontière, une maison, un père. La religion c'est la bonne planque. J'aurais pu comprendre plus tôt qu'on ne pouvait pas tout supprimer en même temps – la foi, la famille, les nations, le passé. Croire nous tient chaud, c'est plus rassurant que d'être un individu mondial isolé dans le blizzard, sur un parking d'hypermarché, entre deux rangées de Caddies vides, des sacs plastiques qui volent et quelques néons grésillant sur lesquels est inscrit : « Choisissez Bien, Choisissez But ». Voilà comment je suis devenu un quadragénaire qui prie la nuit. Prier pour moi, c'est comme regarder un vieux film : quoi de plus réconfortant que ces gestes automatiques, ces tenues désuètes, ces textes connus par cœur ? L'église gravée dans le marbre me fournissait à la fois un repère et un repaire. Parce que vous parlez le français couramment, père Ierokhpromandrit, vous comprendrez cette petite homophonie intraduisible en cyrillique.

Accepter la petitesse de l'homme est le début de l'intelligence. Certaines phrases dans le rituel catholique m'aidèrent à aller mieux. Pardon, je connais moins bien le catéchisme orthodoxe, excusez-moi de ne pas déceler la grande différence qui justifierait mille années de schisme byzantin. Je sais que votre rite est plus méditatif, il suffit de compter les cierges qui nous entourent. Vous aimez les icônes sombres éclairées d'une flamme vacillante, et votre sacerdoce consiste à psalmodier, si possible polyphoniquement, en fermant les yeux comme Sa Sainteté le patriarche Alexis II, lequel, entre nous, n'a pas l'air d'un joyeux drille. Non, non, ne vous énervez pas, je suis d'accord avec vous, le pape Benoît XVI, c'est pas le rigolo du coin non plus ! Les catholiques apostoliques romains répètent sans cesse « Prends pitié de nous », refrain qui fout le cafard mais quand on y réfléchit, idée extrêmement salubre. S'inventer un Créateur quelque part pour pouvoir lui demander d'avoir pitié de soi. Démarche saugrenue mais si efficace ! Quand on sort d'une orgie de filles louées et que même les somnifères de votre épouse trouvés sous le matelas n'agissent plus sur votre cortex, rien de plus sain que de s'imaginer quelqu'un d'immanent qui nous contemplerait, quelqu'un à qui l'on pourrait présenter des excuses, peu importe son inexistence. Cela fait du bien, de faire pitié à quelqu'un d'autre qu'à soi-même. J'adore aussi « Délivre-nous du mal ». C'est dingue. Les gens qui ont rédigé ces textes étaient des malades géniaux ! Ils ont créé le Prozac Universel Gratuit. « Ne nous soumets pas à la tentation mais délivre-nous du mal, amen. » Slogan dément ! Le monde actuel vit carrément à l'opposé : presque tous les gens avec lesquels je travaille sont payés toute la journée pour soumettre les autres à la tentation. C'est notre job : tentateurs. Tentationnistes rémunérés ! Nous sommes des militants anti-ataraxie. L'ataraxie est l'ennemie du capitalisme : l'absence de désirs vains, la tranquillité de l'âme, la sagesse stoïcienne entravent la marche du market. Le monde est entre les mains d'une centaine de Chief Executive Officers dont le seul objectif est de rendre impossible toute forme d'ataraxie sur cette planète. Dans les business schools, partout dans le monde, on enseigne aux meilleurs étudiants comment nous soumettre à la tentation. Ce qu'on appelle la société de consommation devrait être rebaptisé : Société de Tentation. « Ne nous soumets pas à la tentation » pourrait être un mot d'ordre tagué sur une banderole altermondialiste ! Chapeau à ceux qui ont écrit cela. Pourquoi les prières ne sont-elles pas signées ? On ignore le nom du gars qui a pondu le *Notre Père* ou le *Je vous salue Marie*. Vous imaginez les droits d'auteur qui tomberaient tous les ans dans son escarcelle ? Une manne divine, oui, bien sûr, karacho, les textes sont de Lui. Dieu ne touche pas de droits d'auteur ? Vous êtes marrant, quand vous vous y mettez. Bien sûr, Il coûterait trop cher en mensualités.

11

En résumé, j'ai 40 ans : je ne sais pas qui je suis et je ne suis plus qui j'étais. L'angoisse du quadragénaire à l'approche de son anniversaire vient de l'addition de ces deux catastrophes, un peu comme de mélanger du Bailey's avec du Schweppes, ou de jeter un Mentos dans une bouteille de Coca. La perte d'identité et la fuite du temps se conjuguent en une réaction chimique, un précipité nauséabond, un geyser marronnasse. JE NE SAIS PAS QUI JE NE SUIS PLUS. Certains n'y survivent pas, et se pendent, comme mon copain Thierry Le Vallois en février 2006, ou mélangent les médicaments comme Guillaume Dustan en octobre 2005[1]. « Mais au fait, les gars, je ne suis pas du tout prêt pour avoir quarante ans ! » Regardez-les serrer les dents, les quarantenaires rugissants ; à leur enterrement, leurs amis se frottent les yeux en cherchant un sens à leur geste, et ce qu'ils auraient pu faire pour sauver le naufragé. Inutile de chercher du sens à ce qui n'en a pas : ne pas

---

1. À cette liste macabre, il convient désormais d'ajouter Édouard Levé, dont le suicide est postérieur à la première édition de ce roman. *(Note de l'auteur.)*

savoir qui l'on n'a pas été, cela seul suffit à faire de vous l'assassin de vous-même. La mort, on n'en sent le vertige qu'au moment d'enfoncer la touche « supprimer » sur le nom d'un ami dans son portable.

Viendrez-vous à Saint-Pétersbourg pour voir de futures couvertures de *Muteen* marcher pieds nus sur du linoléum ? Allez, je vous convie au marché aux sauterelles. Il y aura du monde à bénir, des âmes perdues à sauver, du pain sur la planche pour un pope en quête de développement ! Oui, je vois ce que vous voulez dire, un concours de beautés mineures n'est peut-être pas l'endroit le plus propice à la méditation théologique. Dommage, je vous aurais volontiers inscrit dans mon jury. Un juré orthodoxe au Aristo Style Contest, il y avait de quoi tripler le volume du dossier de presse. Tant pis pour les candidates, elles échapperont au jugement de l'envoyé spécial de Dieu ! Promettez-moi tout de même de prier pour leur salut durant mon absence. Je ne sais pas comment vous faites pour résister à mon invitation ; vous avez une force que je n'ai pas. Comment peut-on vivre dans la Société de Tentation sans jamais y céder ? Si quelqu'un avait un jour décidé qu'il fallait rendre tous les hommes dépressifs et frustrés, notre époque a trouvé et appliqué la meilleure méthode possible. Mon père, comprenez-moi : j'en ai assez qu'on me demande sans cesse de m'excuser d'être un mec. J'en ai marre d'être incapable d'être vous.

OK, dobry viétchir, moi aussi j'ai mal au crâne, moi aussi je psalmodie, je dodeline. Allez, j'ai soif, je vais vous laisser, vous avez d'autres grenouilles de bénitier à fouetter. Mais c'est promis, je reviens vous voir dès mon retour de Saint-Pét'. Votre calme me purifie. C'est sans doute la première fois de ma vie que quelqu'un m'écoute. Ce n'est pas au Zima ou au Seven, les nightclubs de la R&B culture, que l'on pourrait m'entendre : la musique y recouvre mes lamentations. Les filles secouent la tête en rythme au lieu de lire Viktor Pelevine, Andreï Guelassimov et Vladimir Sorokine. Ces endroits servent à autre chose : à crier sans que personne ne s'en aperçoive. À se noyer dans la foule des solitudes agglomérées. Chacun pour soi, le bruit couvrira tes sanglots, et dans le noir personne ne distinguera tes grimaces. Bien sûr que je sors ce soir, votre oreille me galvanise ! Vous savez ce que signifient les initiales « R&B » pour la jeunesse de Moscou ? Non pas « Rhythm & Blues », mais « Rich & Beautiful » ! Dosvidanya, cher sauveur à la courtoisie auriculaire ! Davai, karacho et dobre ! J'ai appris à répéter ces termes russes à longueur de journée sans trop savoir ce qu'ils signifient – bon, allez, on y va, OK, d'accord, bien, zou – il suffit de les interchanger et le courant passe, inutile de chercher le sens des mots du moment qu'ils amenuisent l'écart entre les humains. J'entends approcher le bruit qui meuble ma vie immobile. Comme dit Joyce : « le silence, l'exil et la ruse ». Je n'y suis pas encore mais je progresse, chaque trimestre, grâce à vous. À ciao amen !

« *Mon mari était une poignée d'eau, je n'ai jamais pu le saisir. Il n'avait aucune consistance ; vivre avec lui était comme d'habiter avec l'homme invisible. Octave fuyait tout le temps, on aurait dit un vieux robinet. Et moi qui me prenais pour son plombier. Même le jour de notre mariage, il avait la tête ailleurs. Il devait déjà planifier notre divorce. Je ne sais pas pourquoi je l'ai épousé, sans doute par masochisme. Je crois bien que nous nous sommes aimés, même si je préfère l'oublier : ce gâchis est trop pénible. Il avait sans doute très envie de moi, et il a confondu désir et amour. Il était très passionné, il éjaculait tout le temps, partout, à toute vitesse. Je ne crois pas qu'il ait jamais su ce qu'aimer signifie. La curiosité, l'humanité, la générosité que cela implique (et pas seulement en pensions alimentaires.) J'ai cru qu'il m'aimait parce qu'il me le répétait sans cesse mais tout ce qu'il voulait c'était que je dépende de lui financièrement, il voulait me réduire en esclavage et au début j'aimais bien cette situation, parce que moi aussi j'ai cru que je l'aimais, comprenez-vous ? C'était un dangereux sentimental, « amoureux de l'amour », comme on dit, ce qui revient à dire : pas amoureux d'une personne mais d'une pose, d'une idée, d'un principe. Ce sont les pires pervers : ceux qui se croient purs mais préfèrent l'image d'un sentiment à un être humain. Cet amour-là, parfaitement puéril et joli comme au cinéma, n'engendre que douleur et déception, personne n'y survit. C'est ravissant deux semaines, un mois, un trimestre, mais le réveil est épouvantable. Le plus terrible, c'est que des millions de gens sont intoxiqués par cette esthétique à l'eau-de-rose, et sans doute y ai-je moi aussi succombé, sinon comment aurais-je pu adhérer à de telles balivernes ? (...) Quand nous faisions l'amour aussi, il n'était pas là. Il songeait sans doute à l'une de ses maîtresses. Quand il était avec une de ses maîtresses, il m'affirme qu'il pensait à moi ! C'était une expérience originale de coucher avec un schizophrène pareil : à force, moi aussi pendant l'amour je pensais à d'autres mecs, ce qui fait que plus personne dans notre lit n'était à ce qu'il faisait. Il m'a appris l'indifférence conjugale, la vie asentimentale. Aujourd'hui je ne le hais même pas, je ne le regrette pas non plus : à vrai dire je m'en souviens à peine. Vivre avec Octave, c'était vivre à côté de lui. J'allais dire « dans son ombre » mais ce serait inexact : il ne pouvait pas avoir d'ombre puisqu'il était transparent. Ce n'était pas un être humain : c'était un androïde désincarné, une machine vaguement humanoïde, un abonné absent. On passait son temps à l'attendre, à essayer d'attirer son attention, mais rien n'arrivait, ce type était une savonnette, mais une savonnette qui vous salissait. J'ai vécu dans cette frustration permanente : il ne respectait pas les femmes et surtout pas la sienne, je pense que cela provenait de son enfance. Élevé par une mère seule, il idolâtrait les femmes mais les voyait toutes comme des garde-chiourmes, des geôlières, des kapos. Je le lui disais souvent : « Tu crois que tu cherches ton père, pauvre con, c'est ta mère que tu fuis ! » Sur le coup il était furibond mais il m'a confié plus tard que c'était la chose la plus intelligente qu'une femme lui ait jamais dite. La prolifération des mères célibataires a paradoxalement causé beaucoup de tort à l'image de la femme : pour leurs rejetons, une femme est synonyme de Loi, il faut s'y plier, c'est à la fois un absolu impossible et un enfermement casse-couilles. Et bien sûr aucune ne sera jamais à la hauteur de la première femme de leur vie. Un écrivain français d'origine russe a nommé ce complexe « la promesse de l'aube ». Mais quand Romain Gary a raconté son enfance, celle-ci était originale, émouvante et poétique ; aujourd'hui être élevé par une mère seule est devenu la règle. Cela fabrique des hommes qui ont une peur effroyable de la solitude. Ils préfèrent s'installer dans un trois-pièces meublé avec la première venue plutôt que se réveiller seuls dans leur lit. Et une fois installés avec elle, ils lui reprochent de voler leur liberté. Ces hommes incapables de devenir adultes sont les dommages collatéraux de la libération sexuelle. Que faire de ces individus qui ne peuvent ni rester seuls ni vivre avec quelqu'un ? Ce sont des « human bombs » en puissance. Le terrorisme, les meurtres de masse, les tueurs en série sont sûrement une conséquence indirecte de l'évolution de la masculinité en Occident. Moi aussi j'ai été élevée par une femme seule, je sais de quel désastre je parle. C'est assez étrange de grandir avec une adulte célibataire comme modèle, la fille a tendance à confondre la solitude de sa mère avec la vie normale, elle s'y habitue et après elle n'est plus capable de supporter quiconque. Pour un garçon, c'est pire : grandir sans homme à la maison condamne à vivre sans jamais savoir qui l'on est, ni ce qu'on veut, à part conquérir sans cesse des femmes qu'on ne parvient jamais à supporter. Nicolas Sarkozy a été élevé par une mère seule larguée par un mari playboy : voyez le résultat ! Octave est un pervers parce qu'il a trop fusionné avec sa mère dans la petite enfance. Son œdipe n'est pas digéré, il lui file une angoisse de mort : si je ne les séduis pas toutes, je vais mourir abandonné. Comment appelle-t-on un enfant gâté qui a grandi ? Un adulte gâté. (…) Je ne connais pas cette Lena, enfin j'en ai entendu parler comme tout le monde, dans la presse après le drame, c'est la Tchétchène que le prêtre lui a présentée ? Après moi, je comprends qu'il ait eu envie d'une petite jeune qui lui foute la paix, le pauvre… Je lui ai tellement pourri la vie, parfois je m'en veux, mais j'ai tort, c'était lui le dingue, pas moi ! Je ne sais pas ce que mon témoignage peut vous apporter dans cette affaire. J'aimerais me rendre utile, j'essaie de répondre à votre questionnaire dans l'ordre mais ce n'est pas simple, je crois malheureusement qu'il est trop tard et que remuer notre échec marital ne vous apprendra pas grand-chose sur les ramifications du terrorisme international ! (…) Non, j'ignore s'il avait des complices, nous avions totalement perdu le contact depuis notre divorce. Je suppose qu'il est techniquement compliqué d'organiser une telle opération tout seul. Non, il ne m'a jamais parlé de ses relations dans les milieux industriels russes ou l'indépendantisme tchétchène, et je vous prie de ne pas me mêler à cette affaire, merci de ne pas citer mon nom, je tiens à la vie! (...) J'ai de la chance d'avoir survécu à ce psychopathe. Excusez-moi, je ne disais pas cela par rapport à ce qui est arrivé... je suis maladroite. J'ai eu davantage de chances que certains. Je savais qu'il s'était installé à Moscou, je pensais que c'était pour se taper des putes mais jamais je ne me serais douté qu'il pouvait basculer dans la violence. Comme tous les sadiques, il était très douillet, il se vantait toujours de sa lâcheté physique. Je ne pensais pas qu'il était capable de faire du mal, sauf à moi. Je suis sincèrement navrée pour toutes les victimes, je me sens responsable, si j'avais su qu'il pouvait provoquer une telle catastrophe... Il ne cessait de me répéter qu'il était fou mais je ne le croyais pas. Je ne voyais pas comment quelqu'un qui n'existe pas pouvait être dangereux. »*

(Extraits du témoignage de l'ex-épouse du suspect recueilli par les officiers de l'Oubop – service de lutte contre la criminalité organisée –, annexée au dossier dans l'affaire de la cathédrale du Christ-Sauveur.)

TROISIÈME PARTIE

Été

(Leto)

« Qui pourrait encore en Russie
Trouver de jolis pieds de femme ?
Longtemps je n'ai pu oublier
Deux pieds... Je suis las, je suis triste ;
Mais il m'en souvient ; et en songe
Ils viennent torturer mon cœur. »

Alexandre P<small>OUCHKINE</small>,
Eugène Onéguine, 1833.

1

Le printemps a duré une semaine, la neige a disparu et soudain il s'est mis à faire trop chaud : c'était l'été. Des casinos clignotaient sur les avenues mouillées, d'immenses écrans publicitaires digitaux étincelaient entre deux vieilles églises ayant miraculeusement survécu au XXe siècle. Le soleil est arrivé en avance. L'automne servira principalement à attendre la blancheur. À Moscou la gare qui emmène à Saint-Pétersbourg s'appelle toujours Leningrad (les Russes ne peuvent pas changer tous les panneaux de train à chaque fois qu'ils changent de totalitarisme). Si ça se trouve, Saint-Pétersbourg, autrefois nommée Petrograd, sera bientôt rebaptisée Putingrad et cela vous fera moins de lettres à changer sur la façade de la place Komsomolskaïa. La nuit, mon train s'est arrêté souvent, à chaque fois qu'il écrasait un ours, un loup ou un paysan coiffé d'un chapeau d'astrakan. À l'arrivée, au bout du quai, de vieilles femmes vendaient des gants, des fleurs, des chaussettes, des cornichons, des confitures et des chats. Je me suis dit que les jeunes femmes devaient être plus loin, et j'avais raison de penser cela : les jeunes femmes sont toujours plus loin.

Dobri dien, mon père. Je vous ai apporté un bocal de foie gras : goûtez-moi cette merveille, je me fais envoyer les meilleurs produits du Béarn par FedEx. Non que je sois nostalgique de mes Pyrénées natales, mais j'ai une indigestion de caviar rouge. Je n'en peux plus de votre bouffe trop salée. En Russie, on a tout le temps soif à force d'ingurgiter des œufs de poisson, des harengs, de l'anguille et du flétan fumé à tous les repas. Vos zakouski vous rendent tous alcooliques ! Chez nous, à Pau, c'est différent : on verse du vin sur nos plaies et l'on gave les canards jusqu'à ce que leur foie implose dans notre gosier. Ensuite, on noie tous ces organes dans l'armagnac et l'on s'endort à table, le nez dans des restes de graisse d'oie, ou dans le corsage d'une rombière, ce qui revient au même.

Je suis heureux de vous retrouver en pleine forme. Le mois dernier, vous sembliez exténué : vous ressembliez aux dernières photos du comte Tolstoï, en 1910, quand il a quitté sa femme pour aller mourir à la gare d'Astapovo. Aujourd'hui votre barbe blanche resplendit sur votre soutane noire, batiouchka : vous ressemblez à un chocolat liégeois. Votre longue barbe phosphorescente est mon phare dans la nuit. Louange à elle ! Si je puis me permettre, ce serait une bonne idée de la laver de temps en temps, car elle pue comme mon âme. Je ne vous ai toujours pas parlé de Lena

Doytcheva. Cela fait deux mois que je ne parle à personne de Lena Doytcheva. J'aimerais ne plus jamais prononcer ces deux mots : Lena, Doytcheva. Je ne sais pas si je dois vous remercier, Monseigneur, de m'avoir présenté l'insupportablement lumineuse Lena Doytcheva. Mais, pour vous parler d'elle, il faut que je récapitule les événements dans l'ordre : mon arrivée dans la pâleur suspecte du printemps pétersbourgeois, notre rendez-vous au Caviar Bar de l'Hotel Europe, autrefois infesté d'espions du KGB, aujourd'hui rempli de flics en civil (quelqu'un peut-il me dire la différence ?), et les jours sublimes qui ont suivi, puis la soirée dans la datcha de l'oligarque. C'est là que j'ai succombé à l'infante Lena Doytcheva, sa vénéneuse vénusté, sa gorge d'albâtre et l'aplomb de ses quatorze ans. Tout est de votre faute, mon père.

Reprenez une bouchée de foie gras pendant que je vous narre ma déchéance. Certes, il manque le pain chaud brioché fourré aux raisins secs, mais c'est tout de même du luxe, le foie d'un pauvre canard palois. Il est mi-cuit, comme tous les habitants de ma ville d'enfance. Ce n'est pas pécher que de savourer les bienfaits que le Très-Haut nous octroie. J'aime vous entendre mâchouiller, le bruit régulier de votre mastication me permet de me concentrer. La barbe en sus, vous me rappelez ma grand-mère texane, dans le jardin de la Villa Navarre, avenue Trespoey, peu avant son cancer. Elle ruminait comme vous, bercée par le clapotis de la piscine à travers les branches de rosiers, et le tintement des glaçons dans son verre de Glenmorangie. Songeait-elle à l'enfance gâchée de son fils (mon père) enfermé en pension chez les curés de Sorèze ? Peut-être lui manquait-il, son deuxième garçon, après tout. Peut-être même avait-elle un cœur, qui sait ? Mon père fut expédié en internat de 1948 à 1955, puis il se retrouva marié avec deux enfants au début des années soixante : peut-on exiger d'un homme qu'il ne soit jamais libre ? Son enfance ne le fut pas assez, la mienne beaucoup trop. Pourtant je me rapproche de lui en vieillissant, d'autant plus que nous faisons désormais le même métier (lui est chasseur de patrons, moi modelhunter). Sorèze est une abbaye bénédictine située au pied de la Montagne noire dans un lieu marécageux près de la rivière du Sor (pour vous qui n'avez jamais mis les pieds dans la région, c'est paumé quelque part entre Toulouse et Carcassonne). Dans les années cinquante, la discipline des curés dominicains était très stricte. Des enfants de dix ans se retrouvaient enfermés la nuit dans des cellules individuelles de deux mètres sur un mètre cinquante, avec un loquet métallique extérieur. (À partir de douze ans ce n'était guère mieux : ils partageaient des dortoirs collectifs avec odeur de pieds et bruits de branlettes, bites au dentifrice, bizutages plus ou moins permanents.) Tous les matins, les enfants étaient réveillés par la cloche à 5 h 30 du matin. Il y avait une montée des couleurs, avec appel dans le froid, en uniforme amidonné. La messe commençait à 7 heures. On s'y rendait en file indienne. Puis on étudiait jusqu'à 20 heures. Les lumières s'éteignaient sur les dortoirs à 21 h 30. Souvent la faim et le froid réveillaient les enfants au milieu de la nuit. L'hiver, les internes faisaient chauffer des briques dans une chaudière à charbon pour s'en servir de bassinoire. Pour les élèves insolents, il existait une punition surnommée le « séquestre » : l'enfant était collé dans un cachot glacial avec une fenêtre ouverte hors d'atteinte et une table scellée au mur, seulement nourri au pain sec et à l'eau pendant une journée, obligé de recopier des pages dans un cahier. Parfois les élèves les plus âgés se mutinaient : un jour ils firent monter une vache et des cochons par l'escalier jusqu'au premier étage, dans le dortoir des surveillants. Une légende raconte aussi que certains volèrent une momie dans la chapelle de Sorèze (trophée rapporté par Napoléon de sa campagne d'Égypte) pour la glisser dans le lit d'un prêtre particulièrement sévère. Souvent le directeur scolaire retrouvait des étrons dans son bureau. Les punitions étaient alors collectives : les élèves qui ne se dénonçaient pas se faisaient des ennemis parmi leurs propres camarades de chambrée. Les raclées pouvaient dégénérer en viols avec introduction anale d'objets divers (stylos, règles, craies). Le pensionnat de Sorèze n'a été fermé qu'en 1991 – la même année que le dernier goulag ! Je vous raconte tout cela parce qu'il existe évidemment un lien direct entre l'éducation de nos parents et notre folie présente : nous rattrapons leur retard. On n'hérite pas seulement d'un nom de famille et d'un peu de fric, on hérite des névroses, des privations, des dépressions non soignées, des frustrations non vengées. Comme les Russes après Gorbatchev, il y a quinze ans, quand il a fallu faire comme si les millions de morts étaient toujours vivants. Nous avons tous un goulag intime, au fond de nous une injustice qui ne sera jamais digérée. Nous sommes tous des Russes amnésiques. À propos de ma maison de famille, c'est à la Villa Navarre que Paul-Jean Toulet a écrit, le 27 octobre 1901 : « Ce que j'ai aimé le plus au monde ne pensez-vous pas que ce soit les femmes, l'alcool et les paysages ? » J'aime beaucoup ce tiercé gagnant. Véhicules pour s'en aller de soi.

Permettez-moi de faire mienne
La Trinité Touletienne
Comme m'est personnel
Le désespoir paternel.

2

À Pau je me souviens aussi de Gabriel Marcel buvant le thé dans la bibliothèque de mon grand-père sur fond de concerto brandebourgeois. Un vieux sage aux cheveux blancs qui faisait chuchoter mon père : « Octave ! ne dérange pas le Monsieur, c'est un grand philosophe, il a bien connu Henri Bergson, il réfléchit sur le Da Sein… » À sept ans j'épiais ses moindres faits et gestes pour tenter de comprendre ce que pouvait bien signifier le Da Sein (longtemps j'ai cru que c'était une chanson russe, genre « kalin kakalin kamaya »). Avec sa grosse moustache blanche, Gabriel Marcel ressemblait au maréchal Pétain, en plus renfrogné, mais au-dessus de la moustache ses yeux pétillaient de bienveillance. Je courais dans le jardin en culotte autrichienne avec mes cousins Édouard et Géraldine et il nous contemplait avec un sourire amusé comme on regarde une photo jaunie. Maintenant je le comprends mieux : il voyait la mort en notre enfance, c'était notre Aschenbach et nous jouions les petits Tadzio à la sauce béarnaise. Je songe à ce moment avec la même nostalgie que lui alors. J'ai appris depuis qu'il s'était fait baptiser à quarante ans. Mon grand-père aimait recevoir des écrivains dans sa belle maison : Jean Cocteau, René Benjamin, Paul Valéry... On annonçait leur visite longtemps à l'avance, c'était le grand événement de la semaine. Il leur montrait ses lettres autographes de Paul-Jean Toulet. Il préférait sans doute leur compagnie à celle de ses fils : c'est sûrement sa bibliothèque qui m'a donné envie d'écrire. Aujourd'hui la Villa Navarre est devenue un hôtel, vous pouvez dormir dans la chambre de Gabriel Marcel si vous le désirez, avec vue sur la montagne profonde et bleue encadrée de cyprès, de charmes, de tulipiers de Virginie et de séquoias géants.

Je m'ennuyais ferme dans ce silence provincial, comment se fait-il que j'en conçoive une aussi délectable mélancolie aujourd'hui ? Après une journée de cache-cache dans la forêt d'Irati, on dînait dans la chapelle qui est devenue un bar (toutes les églises finissent en discothèques, comme le Limelight à New York et à Londres, peut-être, un jour, votre cathédrale aussi... qui sait ?). Des vieux intelligents qui hument l'air des Pyrénées, avec un sourire en coin, des femmes américaines qui engueulent des cuisinières espagnoles, des enfants en pension et des livres plein les murs, et devant le perron le chauffeur qui lustre le capot de la Daimler : le voilà, mon vert paradis, je sens que la clé de ma folie se cache dans ce manoir britannique. Savez-vous que cette maison a appartenu à Madeleine de Montebello, dont l'époux Gustave fut ambassadeur à Saint-Pétersbourg ? C'est sous son mandat que fut signée l'alliance franco-russe de 1893. Vous voyez, mon père, que la villa de mes étés d'enfant n'est pas si loin de votre Russie... Du Béarn à la Neva il n'y a qu'un pas... Mon Rosebud est une Utopie, au sens du pays imaginaire de Thomas More. C'est aussi un cauchemar qui me poursuit. Quand j'étais très petit, mon père me disait toujours : « si tu as mal au ventre, signale-le-moi tout de suite », car il se souvenait d'un camarade de pensionnat qui n'avait pas osé se plaindre de maux d'estomac aux pères de Sorèze. On l'avait retrouvé mort au bout de quelques jours d'une hémorragie interne dans son dortoir gelé. Pourquoi se remémorer cela aujourd'hui ? C'est bizarre comme la mémoire trie les déchets – serait-elle favorable au recyclage des ordures ? Nabokov dit que « l'imagination est une forme de la mémoire ». Si jamais mon histoire est inventée, elle serait donc une manière de tordre mes souvenirs ?

Si la mémoire est écolo, je ne vois pas pourquoi la mienne refuse d'effacer le visage de Lena Doytcheva. Lena ne pollue personne (quoique... j'aurais bien aimé...). Je l'admets : je comprends qu'on devienne un dragueur incurable quand on a passé son enfance derrière des barreaux. Il est plus étrange de l'être aussi quand on a en l'enfance la plus libre de toute l'Histoire du monde. C'est peut-être pourquoi je suis si sexuellement correct. Je voudrais épouser une jeune fille qui ferait semblant d'être tchétchène pour pouvoir s'exposer sur les murs du monde entier. Plus je cherche à m'en souvenir, plus ses traits m'échappent. Je suis obligé de regarder les photos d'elle dans mon portable pour retrouver sa figure. Regardez comme elle irradie ce cliché, voyez ce halo de brume qui nimbe ses épaules luisantes – la voilà l'explication, elle est peut-être radioactive, après tout elle n'est pas née si loin de Tchernobyl. Elle me fait penser à ce qu'écrit Gabriel Marcel : « Aimer un être, n'est-ce pas lui dire implicitement : toi tu ne mourras point ? » Depuis Adriana Lima, la Brésilienne d'Élite, découverte à treize ans par un scout de l'agence Ford dans un supermarché de Bahia, jamais rien de plus immaculé ne fut aussi sexy. À part la Vierge Marie ? Izvinitié, mon père, pardonnez-moi, je me laisse aller au blasphème mais si vous aviez vu Lena, vous n'auriez plus de respect pour rien, pas même les sombres nuages suspendus au-dessus du monastère Danilovski. L'enfer consiste à être séparé d'elle une fois qu'on l'a croisée. Aujourd'hui, je connais le moyen d'être heureux : ne jamais rencontrer Lena Doytcheva. À présent je sais que seule la mort me guérira, puisque Lena est immortelle. « Aimer quelqu'un c'est espérer en lui pour toujours. » Gabriel Marcel, cravaté sous la véranda de Pau, définissait l'amour, et je me revois petit garçon en pantalon de flanelle grise, contempler ce vieil homme qui allait mourir l'année suivante (en 1973), ce chrétien dont je lirais trente ans plus tard le *Journal métaphysique*, qui déambulait dans le parc avec mon grand-père en guise de canne, sans se douter que Dieu lui confisquerait l'existence quelques mois plus tard. Alors d'accord, je veux bien espérer en la petite Lena pour les siècles des siècles, à une condition : que je puisse me suicider à ses pieds.

3

Je devrais vous détester, votre grandeur... Comment saviez-vous qu'elle me plairait autant ? Mon Dieu. Suis-je bête ! Chaque jour des hommes viennent se confesser chez vous, et vous les envoyez tous à Lena Doytcheva comme à l'abattoir, cela ne me surprend pas. Crétinement, je m'imaginais en avoir été la seule victime éblouie. Mais dans votre église de glace, cette fée est probablement l'un des plus chauds sujets de confession. Combien de clients viennent ici chaque semaine vous décrire sa blondeur de feu, ses seins en cours de formation et ses pupilles transparentes ? Il faut bien des compensations à votre chasteté : entendre parler de Lena la mangeuse de cœurs, à longueur d'année, constitue peut-être votre délassement favori. C'est pourquoi vous indiquez son nom à tous les égarés en manque d'innocence... Qu'il doit être doux de se murer dans un mutisme velu et de hocher périodiquement la tête à l'écoute des mêmes jérémiades, toutes engendrées par la même enfant cruelle ? Il y a du luxe dans la vie ecclésiastique : votre vœu vous protège de ces démons, mais vos oreilles vous permettent d'en jouir par procuration. Comme votre discipline est belle ! J'envie votre force car je suis faible. De toute façon vous savez bien que je n'arrive pas à vous en vouloir de m'avoir amené à elle. Et le secret de la confession nous protège tous de la police.

Le lendemain de ma dernière visite, j'ai appelé sa mère au téléphone, et lui ai laissé un bref message : « Chère Madame Doytcheva, dites à votre fille Lena qu'elle est convoquée au casting du concours Aristo Style of the Moment, à l'Hotel Europe de Saint-Pétersbourg, le 23 mai à 15 heures. C'est le père Ierokhpromandrit de la cathédrale du Christ-Sauveur qui m'a donné votre numéro. » Puis je l'ai oubliée. Maintenant je n'y parviens plus.

Quand elle est entrée au Caviar Bar, je l'ai trouvée banale, gauche, empotée, les pieds en dedans, timide, bref : irrésistible. En anglais, « clumsy » est un de mes mots préférés. Lena est un oxymoron sur gambettes : son corps contredit son visage. C'est bizarre, je me suis dit qu'elle me ressemblait. Son visage m'était familier, ce devait être son menton volontaire, prononcé comme le mien. Je déteste rencontrer pour la première fois des filles que j'ai l'impression de connaître déjà, surtout quand j'ai mangé des pommes de terre à l'oignon, des harengs à l'oignon et des aubergines à l'oignon. En la voyant j'ai ouvert la bouche, heureusement je l'ai vite refermée. Zut, je m'aperçois que je n'arriverai pas à en parler. Mes adjectifs sont malhabiles, ils tremblent d'émotion. Par où commencer ?

La grâce n'a pas d'aspérité. Peut-être ses ongles. Ses ongles collectionnaient les doigts, ils étaient posés comme des gouttes de rosée au bout de ses mains. Rongés, mais sans nervosité ; grignotés. Les poignets osseux de fragilité grège : deux litchis ? Des avant-bras aux coudes seul un bracelet lisse de métal argenté coupait la route de la soie. On sentait que le bracelet était trop lourd, presque difficile à porter pour ce poignet minuscule. Ses paumes mériteraient chacune un psaume. Différentes teintes de blanc pâle, de rose clair, de beige poudré formaient un arc-en-ciel daltonien quand elle vous tendait la main, donc le bras, donc l'épaule cisaillée d'une bretelle de lingerie bon marché. Les épaules en guise d'abscisse, le soutien-gorge faisant office d'ordonnée : la beauté de l'ado adorée semblait un graphique sur papier millimétré. Les dentelles révélaient des dessous de petite fille sage qui vient de découcher et de se rhabiller en vitesse pour rentrer chez sa maman. C'était la Vénus de Milo en rajoutant des bras : les nichons petits mais aussi durs que ceux d'une statue, la poitrine de marbre, mais les cheveux volants ; le même air penché et la même couleur d'immortalité, mais dont la blancheur de lys serait transpercée de bleu, irriguée de vaisseaux translucides dans le cou comme le delta d'un fleuve. Sous la frange blonde, deux sourcils comme des parenthèses assoupies surmontaient le bleu des prunelles, le blanc des pommettes, le rouge des lèvres. Son visage arborait les couleurs du drapeau français ! Les dents étaient saines comme des amandes qu'on vient d'éplucher. J'ai regretté qu'elle n'ait pas un morceau de persil collé sur l'incisive, qui m'aurait permis d'échapper à son emprise. On imaginait qu'elle ne se nourrissait que de pamplemousses roses pour avoir une carnation aussi fraîche. Elle donnait envie de respirer plus fort ou d'être l'air pour entrer dans ses poumons et en ressortir par son nez sous forme de gaz carbonique, ou envie de voler devant le soleil mais pas comme une mouette, plutôt comme un homme qui pourrait soudain voler en agitant les bras très vite, par amour. Ses cheveux étaient jaunes comme le lustre sous lequel j'étais vautré. Les joues rosies par le vent de la perspective Nevski lui donnaient l'air d'une enfant radieuse, avec une bouche de bébé et la santé d'une fille de ferme qui revient d'une sieste sur une botte de foin, avec ou sans palefrenier. Lena était comme le roi Midas : quand on la regardait tout se dorait, l'heure, son cou, ses jambes et ses pieds minuscules en pente sur des sandales cheap, tout, l'air qui l'entourait, même sa langue si on pouvait la voir se changeait en or. En la voyant on se sentait provisoire, fugitif, vieux, inconsolable. On voulait être un comprimé effervescent pour pouvoir se dissoudre dans un verre d'eau qu'elle boirait quand elle aurait la migraine : faire partie des bulles qui lui chatouilleraient la langue avant de supprimer son mal de tête. On avait envie de la regarder dormir pendant trois cents ans. Ses yeux brillants étaient trop pâles pour qu'on puisse les fixer. Pourtant ses yeux crevaient ceux des autres. Ils perçaient tous les blindages. Impossible de deviner si elle allait éclater de rire ou se mettre à pleurer. Sa bouche était un papillon qui butinait entre son nez et son menton. Vous me direz : les papillons ne butinent pas, ce sont les abeilles. Et je vous dirai : ta gueule, mon sous-patriarche, on voit que tu ne la connais pas, parce qu'avec Lena, les papillons butinent, et les agneaux feulent, et les aigles rugissent, et les orties hululent. Entouré d'un foulard démodé, son cou était une brindille que Stendhal aurait aimé tremper dans du givre pour l'orner d'un collier de cristal. Les oreilles : deux aspirateurs à baisers, où dansait une perle méritée. À travers la mousseline on devinait les seins durs et mous, mous et durs (bref : dours), qui bourgeonnaient, palpitaient, frémissaient, grandissaient dans la petite robe débardeur. Réservée comme un chat qui se méfie des intrus, Lena était déjà consciente de son pouvoir sans avoir encore eu le temps d'en abuser. La regarder était l'activité la plus délectable possible ; voir Lena était une drogue mais surtout une torture, car on ne pouvait s'empêcher de songer à la douleur de la séparation. On la regrettait par avance : un si précieux joyau, bientôt cambriolé. Je me répétais intérieurement : « Allez, tu en as vu d'autres ! Tu ne vas tout de même pas t'amouracher d'une blondasse de quatorze ans, c'est pathétique ! Reprends-toi, mon garçon ! » Mais plus on se dit ce genre de choses, plus on s'entiche. La méthode Coué ne peut rien contre les coups de foudre. Étais-je ébloui par narcissisme, à cause de son menton ? En me penchant sur elle était-ce moi que je contemplais ? Moi à son âge... Inutile de chercher à décrypter les miracles. Au moins, si j'avais été Narcisse, j'aurais eu une chance de me noyer en elle... Voici ce que Lena m'a appris : la plupart du temps, quand on se dit « je crois que je deviens fou », c'est qu'on l'est déjà.

L'idée que je devrais, à un moment ou à un autre, dans quelques minutes ou plusieurs heures, regarder autre chose, parler à quelqu'un d'autre, retourner à la vie normale, revenir à la vie d'il y a cinq minutes, la vie d'avant elle, la vie sans Lena Doytcheva, cette idée m'était insupportable. Lena est un rêve dont on ne veut pas se réveiller. Vous saviez tout cela, n'est-ce pas, hiéromoine malfaisant ? Vous saviez que ma recherche était terminée. Vous saviez que je risquais de revivre.

L'embêtant avec la résurrection, c'est qu'il faut mourir avant.

4

Pourtant il m'est souvent arrivé de résister aux belles Russes. Je savais me protéger, dans tous les sens du terme : j'avais enfilé un préservatif mental. Je ne les touchais pas toujours : je leur demandais de prendre des poses arquées, tendues, douloureuses et sensuelles, et me contentais discrètement comme devant une photo bien léchée. La pénétration m'ennuyait : on doit avaler un Cialis une heure auparavant, être propre sous les bras (voire épilé à la cire entre les tétons), il faut enfiler un caoutchouc hermétique à toute sensation (en plus de celui qu'on porte autour du cœur), limer en ahanant comme un joggeur, pousser un râle poliment rauque à la fin. Vous ne ratez pas grand-chose, mon père, si vous suivez le vœu de chasteté, pardon d'insister là-dessus. L'amour physique donne l'impression de passer un examen, ou de faire des pompes. J'étais comme n'importe quel homme après deux mariages ratés : je préférais organiser mon plaisir sans lui sacrifier mon indépendance, cela me paraissait plus économique et moins astreignant. Je donnais aux candidates des instructions très précises : elles devaient se pincer les tétons à quatre pattes, tirer la langue et laper le sol, ouvrir grand la mâchoire en baissant les yeux, mettre du rouge à lèvres sur la bouche d'une consœur, raser leur pubis avec ma tondeuse à barbe, baver sur leurs seins, s'humilier gentiment. Rien d'extraordinaire : l'homme est une machine prévisible, et l'on est tellement banal quand on jouit. On a la lèvre inférieure qui avance, on fait des bruits saccadés, on sue et l'on rougit, comme quand on ment. Au fond, j'avais la même sexualité qu'un prêtre : un plaisir fugace et honteux, qui tache l'intérieur du pantalon. Ne vous scandalisez pas, Monseigneur le curé des riches ! Je raccompagnais les gamines à la porte du studio, conservant leurs Polas comme autant de trophées qui, au besoin, savaient prolonger ma rêverie. Les photographies sont charmantes, on dirait des friandises aux couleurs chatoyantes, à laisser fondre lentement ou à croquer... Ces images constituaient ma sexualité principale. Anja, seize ans, les cuisses écartées, clignant de l'œil, la langue dans la joue, ma main gauche ébouriffant ses cheveux mouillés quand elle murmurait « Viliiiijiiii meniaaaa » (« lèche-moi »)... Nastia, quinze ans, pleine d'énergie vitale, soulevant sa jupe, debout contre le mur, uniquement vêtue d'un sautoir entre les seins et d'un collant transparent... Vesna, dix-neuf ans, la bouche en avant pour imiter celle d'Angelina Jolie, accroupie comme si elle pissait, pour que la plante des pieds soit plus tordue et le mollet plus musclé... Yunna, dix-sept ans, à cheval sur sa sœur jumelle Nina torse nu, mimant un joueur de polo sur neige du Club de Moscou... Evgenia, quatorze ans, clope au bec, jouant de la guitare imaginaire avec les mains sur ses abdos et son nombril percé d'une croix en diamants... Svetlana, dix-huit ans, le torse pailleté et satiné avec « Hottest Body » la nouvelle crème de Victoria's Secret ramenée de New York, fière de ses dents, buvant un Coca à la paille face au ventilateur qui lui donne la chair de poule autour des aréoles... Et la sublime Snejana, seize ans, aux yeux couleur de miel et de moutarde comme les grains de beauté saupoudrés entre ses bouts de seins longs comme des tétines, Snejana la plus pauvre de toutes, qui n'avait même pas de quoi se payer un sandwich et que je photographiais en mangeant des pirojki pour lui faire subir le supplice de Tantale... La faim qui creusait ses joues la rendait plus érotique quand elle suppliait :

— Finger me, Octave...

Dans *Le Maître et Marguerite*, le personnage de Woland (le Diable) habille des femmes dans un théâtre avec des robes qui disparaissent dès qu'elles sortent dans la rue. J'espère que Boulgakov est heureux de constater qu'aujourd'hui beaucoup de femelles moscovites suivent à la lettre ses recommandations. Lors de ma visite à son chat Bégémoth, dans la maison de Bolchaïa Sadovaïa, j'ai croisé davantage de jeunes femmes que chez Gorki, où de vieilles gardiennes acariâtres m'ont ordonné d'enfiler des patins sur mes chaussures. La postérité est une sorte de juridiction d'appel, on peut dire qu'enfin justice est faite : le censuré est entouré d'étudiantes en fleurs quand le stalinien, cerné de tableaux pompiers à sa gloire, doit se farcir d'affreuses sorcières ! Je regrette que le Diable n'ait pas déshabillé Dasha, la journaliste de « Good Morning Russia » qui m'a fait visiter ses souvenirs de la maison des écrivains morts... Encore un ange de perdu, je finirai moi aussi par me mettre à la morphine.

Ce n'est pas moi qui ai créé ces prodiges : c'est votre Seigneur ! J'ai pas mal couché avec mes photos. Souvent je regrettais d'avoir perdu mon ami Jean-François Jonvelle en 2002. Il les aurait tant célébrées... Avec lui on pouvait parler de la fraîcheur des femmes, du mystère de ces bêtes sauvages. Il m'avait appris certains trucs : leur dire de se mordre les lèvres, de se toucher la nuque, de lever les bras pour que la poitrine soit plus ronde et le ventre plus tendu, leur interdire de sourire parce que seul le sérieux est sexy, défense de fermer la bouche parce que ça rétrécit les lèvres, les immortaliser de dos avec le visage tourné vers le bas en signe de soumission, ou vues d'en dessous pour allonger leur cou. Toujours les épaules en arrière pour durcir le corps, et « eye contact » de rigueur. Ou bien, si elles ne regardent pas l'objectif, il faut les yeux baissés et un air coupable de fillette qui vient de se faire prendre en train de voler des Dragibus dans une boulangerie. Si possible les cheveux mouillés, en train de dormir, ou dans la salle de bains, comme si on les surprenait dans leur intimité cambrée, le petit pied posé sur le rebord de la baignoire. Si elles peuvent s'agenouiller en regardant leurs seins, c'est préférable. Toujours le ventilateur à fond et la musique aussi : les deux ingrédients qui font bouger les cheveux. Je faisais ensuite porter les photocopies par coursier à mes amis de la Nouvelle Nomenklatura pour qu'ils fassent leur choix. La moisson de filles nouvelles épiçait les dîners gouvernementaux à Rublovka, sur l'ancien sovkhoze Gorki-2 (la ferme fermée qui est devenue le Southampton russe). Je me sentais utile, et arrondissais ainsi les fins de mois. Si je vous apporte mon catalogue la prochaine fois, père, serez-vous excommunié ? Oh ! Calmez-vous, gospodine ! Je plaisantais, bien sûr !

5

J'étais devenu un contrôleur de chérubins. Pendant un an, à chaque nouvelle jolie jeunette que je voyais au Zima (« Hiver »), au Leto (« Été »), à l'Osen (« Automne ») – à Moscou les clubs portent les noms des quatre saisons, sauf le « Printemps », Vesna, qui est un restaurant de « fusion food » – au Titanic, au Cabaret, au Jet Set, au Seven, au Shambala, au Zeppelin, au Circus, au First ou au Roof, je me suis posé les mêmes questions dans le même ordre en regardant les mêmes filles : est-ce que ses seins tiennent perpendiculairement à l'axe vertical, si oui, est-ce que ses fesses abolissent la loi de la gravitation universelle de Newton (Isaac, pas Helmut), si oui, est-ce que ses mollets sont fins comme des baguettes de pain, si oui, est-ce que ses doigts sont longs comme des crayons, si oui, est-ce que sa taille est fine comme si elle portait un corset, si oui, est-ce que sa bouche est entrouverte sur l'oxygène raréfié de l'établissement et l'avenir de ma pensée ? Et si oui, comment fait-elle pour cacher ses ailes dans le dos ? Sur chaque nouveau visage j'apposais ma grille de lecture. Je ne rencontrais pas les femmes : je les vérifiais. Je ne les regardais jamais autrement que de bas en haut, en professionnel, puis de haut en bas, en négligeant de leur sourire et sans les saluer. Il me fallait toujours faire passer aux femmes une batterie de tests, une véritable check-list comme un pilote d'avion qui inspecte son appareil en cochant son bloc-notes d'un air sourcilleux, tout en sachant que le jour où il ne trouve plus rien de défectueux est celui où l'avion s'écrase, puisque la perfection n'existe pas.

6

Ce jour-là, une brume légère enveloppait les immeubles, comme de la vapeur d'eau qui flotte, une gaze qui recouvre la lumière. L'odeur était incomparable : mélange de poisson pourri, de parfum de pute, de vodka renversée, de pétrole, d'algues et d'oignon. L'odeur de Saint-Pétersbourg est aussi hétéroclite que le rapport annuel d'activités du groupe Gazprom. Au Caviar Bar de l'Hotel Europe, j'étalais de petits œufs noirs sur des crêpes chaudes en passant des coups de fil à Paris pour organiser le grand concours de mannequins Aristo Style of the Moment. L'été approchait. À la table d'à côté, Jean-Paul Gaultier n'en revenait pas : « Quel endroit magique… » Tous les gens qui débarquent chez Pierre-le-Grand ne cessent de répéter le mot magie. Moi je ne crois pas à la magie, je ne crois qu'en l'imagination des fous. Le couturier peroxydé faisait partie de mon jury, tout comme Jean-Luc Brunel, Étienne Folly, Tim Jeffries, Omar Harfouch et Sergueï Orlov, dit L'Idiot. Avant le dîner, j'avais déambulé seul dans le Jardin d'Été du tsar, entre les statues et les tilleuls, le long de l'allée où sa Majesté organisait des fêtes avec feux d'artifice et banquets nocturnes. J'y suis retourné depuis si souvent par la pensée... Cette futaie, c'est mon Éden perdu. Chaque fois que j'y songe j'ai envie de me taire pour mieux déguster cette image de nous deux, Lena et moi, ensemble... C'est là que Pouchkine venait lire sur son banc, en robe de chambre, comme une pomme de terre. C'est là aussi que, le lendemain de notre rencontre, Lena m'a affirmé que j'étais plus cool qu'Emmanuel Kant (vous les Russes lisez plus que nos ados car vous n'avez pas toujours les moyens d'avoir des Playstation Portable). Il faisait bleu, le ciel était chaud, nous nous tenions par la main, et c'est alors que je lui ai dit : « You are my utopia. » Je ne mesurais pas à quel point ce mot était galvaudé dans vos contrées ; chez nous, il continue d'avoir bonne réputation. Elle m'a expliqué qu'en Russie se faire traiter d'utopie était une insulte. Quand je lui ai demandé : « Est-ce que tu m'aimes ? », elle m'a répondu : « Oui, beaucoup. » J'aurais aimé lui sortir la réplique de Jean Marais à Catherine Deneuve dans *Peau d'âne* de Jacques Demy : « Beaucoup, ce n'est pas assez », mais nous parlions en anglais, ce qui donnait : « Do you love me ? » « Yes, I like you ». « Like is not love. » Bref, c'était moins féerique que si elle m'avait simplement susurré « Ya lioubliou tibé » (« Je t'aime »). Nous avons acheté des Cocas à la buvette du parc. Ensuite j'ai commencé à lui faire miroiter des choses :

— Tu pourrais vraiment te faire passer pour une Tchétchène ?

— Vous me demandez ça parce que je suis blonde aux yeux clairs ? Il y en a autant en Tchétchénie que dans le reste de la Fédération.

— Non, euh, je demandais ça comme ça, L'Idéal veut soutenir la lutte courageuse d'un peuple pour sa liberté...

— Je n'ai jamais connu mon père. Si ça se trouve, il l'était ! Ma mère dit qu'il était français.

— Eh bien voilà, c'est parfait : une Tchétchène française, succès garanti.

Un ange passa, mais bien sûr c'était elle qui balançait les bras en marchant... J'ai préféré changer de sujet.

— Si tu couches avec moi, je te promets d'énormes retombées médiatiques.

— Shut up !

— Sans déconner, ma check-list est complète. Tu es parée pour le décollage. Il faut absolument que je t'emmène bronzer ton petit ventre au Club 55 à Saint-Tropez.

— Why ?

— Pour que je te présente le Maître de la Photo de Jeunes Filles en Fleurs : David Hamilton. Il y déjeune tous les jours, il sera fou de toi. Il relancera sa carrière en lançant la tienne.

— Na Zdorowié ! fit-elle en levant sa canette.

— À toi. Corps et âme.

Les palais bleus, roses et rouges me donnaient l'impression de marcher dans une pâtisserie géante, une ville recouverte de coulis de framboise. Je respirais prudemment et évitais les gestes brusques depuis que mon cardiologue m'avait diagnostiqué de l'hypertension artérielle. Mais là – comment faire autrement ? – j'étais victime d'une crise d'asthme. Je comprenais ce qu'avait ressenti Ulysse en entendant le chant des Sirènes, le danger de la beauté pure quand on possède un électrocardiogramme à tonicité excessive. Même un clignement de paupières était tout un événement chez elle. Lentement l'œil se refermait au ralenti, comme un store électrique, puis les cils du haut rencontraient ceux du bas, emmêlaient leur immense longueur et comparaient leur courbure noire, puis ils se brouillaient, se fâchaient, se quittaient vexés, et l'œil se rouvrait doucement à la lumière, et le monde renaissait : chacun de ses clins d'œil était un nouveau matin. C'était incroyable, je devais sûrement avoir l'air d'un satyre ridicule mais je n'en souffrais pas. Ses petits pieds aux orteils vernis en forme de trompettes, son parfum léger bien qu'indélébile (imitation de L'Heure Bleue), ses fossettes aux joues quand elle souriait : elle fournissait sans cesse des raisons de l'aimer, et même si vous échappiez à ces trois-là vous craquiez forcément sur son manteau marron trop large, sa timidité de demoiselle convenable (qu'on pouvait prendre pour du dédain), sa façon de rougir pour un rien, de se ronger le pouce en détournant les yeux, de secouer un pied avec un escarpin suspendu au bout, de pencher la tête pour se tordre une mèche de cheveux, ou de laisser dépasser sa dent de vampire (la canine gauche du haut). Et sa voix ! Un peu trop sereine, lente pour son âge, comme si la princesse s'était déjà habituée à ne jamais être interrompue. Tous les animaux se taisaient quand elle parlait, la nature voulait profiter de sa mélodie, les balalaïkas pouvaient aller se rhabiller, et même le vent se calmait pour lui permettre d'allumer sa cigarette.

Nous avions toutefois des points de désaccords :
— I love Pete Doherty ! C'est le nouveau Jim Morrison. Je suis folle de lui.
— Tu ne tiendrais pas cinq minutes avec ce défoncé.
— C'est un poète.
— Au premier vomi sur ta jupe, tu t'enfuierais.
— Tu es jaloux. Il se drogue parce qu'il souffre.
— Moi, jaloux d'un clodo pareil ? Pizdiets !
— Qui t'a appris des mots pareils ? Tu es vulgaire. J'ai des papillons dans le ventre quand j'écoute les chansons de Pete Doherty.
— Moi c'est en te voyant que mon ventre bat des ailes.
— Doherty est peut-être défoncé mais au moins il n'est pas chasseur de mannequins, lui !
— Eh oh ! Deux mots : Kate, Moss.
— OK mais Doherty ne passe pas ses journées à mater toutes les autres filles à la recherche de gros seins et petits culs, LUI !
— Je regarde les autres seulement pour vérifier ce que je sais déjà : que tu es la plus belle fille de tout l'univers vivant. Que tes yeux sont les plus grands de toute la galaxie, et j'y inclus non seulement la constellation du Sagittaire mais aussi la nébuleuse d'Andromède.

Quand on se disputait ainsi, je voyais qu'elle se vexait davantage que moi parce qu'elle était plus jeune, donc moins blindée. Moi je me retenais de la violer, elle de pleurer. C'était ce qu'on appelle un amour naissant. Le meilleur moment quand on apprend à connaître une jeune femme, c'est ce genre de désaccords sans importance, de petits conflits dont l'unique but est de sceller la réconciliation et de se faire gentiment peur, pour mieux s'apercevoir de la chance qu'on est en train d'avoir d'être enfin ému ailleurs qu'au cinéma ou devant sa télé. Quand un visage vous fait monter les larmes aux yeux, il est normal de lui en vouloir un peu. Nous avons rôdé jusqu'à la rue Herzen pour passer devant la maison rouge Liberty de Vladimir Nabokov. La visite me semblait s'imposer...

Je me sentais vivant en lui envoyant des textos très premier degré. Regardez, pope ultime, je les ai tous archivés dans mon portable.

« Tu m'as oublié ou tu dors ou tu es morte ou tu me largues ou tu m'aimes ? »

« Je t'aime en boucle. »

« Le temps passe trop lentement sans toi. Demain est dans un an. »

« Je te cherche depuis 40 ans. »

« Je remercie le Seigneur de t'avoir donné la vie, ta mère de t'avoir élevée et le père Ierokhpromandrit de nous avoir présentés. »

« Quand je ferme les yeux, je vois les tiens. »

« Je ne devrais pas t'écrire tout cela. Tout homme sincèrement amoureux est un loser. »

« Notre existence ensemble va être énorme. »

« Tes yeux couleur curaçao sont ma dictature. Je t'aime jusqu'à l'asphyxie. »

« Je suis à la fois ton double et ta moitié. »

« Je n'arrête pas de sourire béatement en pensant à ton existence. »

« Sans toi je suis handicapé, tétraplégique, mongolien, comateux, paranoïaque, névrosé et maniaco-dépressif. Ferme les yeux, j'appose mes mains sur ton visage et je chuchote dans tes oreilles que je t'aimerai toujours. Entends-tu mes larmes couler dans tes oreilles ? »

« J'ai plein de boulot ce soir mais j'aimerais bien vérifier ton épilation maillot. »

« Je suis dans un bus au lieu d'être dans ta bouche. »

« Tu es l'air qui emplit mes poumons et rajeunit mon âme dévastée. »

« Je m'ennuie tellement sans toi... parce que je m'ennuie de toi. »

« Je déteste beaucoup de choses mais j'en aime quelques-unes et tu es l'une d'entre elles. »

Rien que de les relire me fait pleurer car dans un moment d'énervement j'ai effacé toutes ses réponses.

7

À partir de mai, il ne fait plus nuit à Pétersbourg, ce qui rend le sommeil difficile. À minuit la lumière est un peu plus mauve, puis bleu Klein. À 3 heures du matin, le soleil se couche pendant une heure, et il ne saurait être question de dormir davantage que lui. Sur de petites barques, Lena m'a fait visiter les canaux, mais attention, Saint-Pétersbourg n'est pas la Venise du Nord (laissons ce surnom débile à Amsterdam ou Bruges, je pense que vous en serez d'accord, mon père). Ses 300 ponts ne sont pas tous éclairés mais le visage de Lena rayonnait suffisamment pour éviter le naufrage. Les pêcheurs faisaient la gueule quand nous faisions fuir les poissons avec notre petite barque à moteur. Certains ponts se levaient, s'ouvraient, sur la Neva, pour laisser passer les bateaux qui remontaient vers le lac Ladoga. Il existe une technique classique de drague pétersbourgeoise : emmenez une fille de l'autre côté du fleuve, elle sera coincée avec vous jusqu'à ce que le pont se referme, vers 5 heures du matin. À Saint-Pétersbourg je me perdais tout le temps : Lena trouvait que j'étais atteint de « crétinisme topographique ». Que voulez-vous, j'aimais m'égarer dans ce labyrinthe marbré comme une silhouette dans le brouillard, une ombre entre la pierre et l'eau qui débordait. Il paraît qu'à l'automne le vent pousse l'eau du golfe de Finlande jusque dans les caves de l'Académie des Beaux-Arts, détruisant les vieux grimoires et les tableaux de maître. Les toits étaient dorés comme les épaules des strip-teaseuses du Golden Dolls. Le ciel était rose comme un sein. Les ponts s'écartaient comme des jambes. Trop de comparaisons sexuelles, je sais, pardon your holyness, mais ce sont les seules qui ne m'ennuient pas. Les ruelles sombres se ressemblaient, et le visage des passantes me donnait l'impression d'être en train de feuilleter le book de l'agence Elite. Nabokov a bien choisi son lieu de naissance, comme le Président Poutine. À Saint-Pét', le physique normal, c'est d'être une couverture de *Vogue*. Certaines déesses se rendaient dans les nightclubs en jet-ski sur la Fontanka. Heureusement qu'il y avait la perspective Nevski pour me servir de boussole, avec ses néons imitant Broadway et les harpes touristiques en fond sonore, après une fin de nonnuit au Zabava Bar (le strip-club situé dans une péniche sur la Neva). Je retrouvais mon hôtel en longeant sa façade rococo, peinte en jaune pour faire croire qu'il fait beau toute l'année. Avec la petite Elena Doytcheva, j'ai visité l'appartement où Dostoïevski a écrit *Les Frères Karamazov* : pas très intéressant, sauf le chapeau mou qu'il avait oublié à Paris. Une pendule arrêtée indique l'heure de sa mort : 8 h 36, le 28 janvier 1881. Je comprends comment on fait pour écrire des chefs-d'œuvre : il suffit de vivre dans un appartement sinistre avec un chapeau mou sur la tête, et soudain quelque chose s'ouvre sur la feuille de papier. Et alors là, hop ! il suffit de plonger, et si tu y parviens, alors on conservera ton appartement en l'état. Nous avons également fait un tour chez Pouchkine : sa bibliothèque est très fournie pour un type mort à 37 ans. On nous a demandé de retirer nos chaussures et de porter des patins pour ne pas abîmer le plancher. Avec Lena nous avons glissé comme des patineurs artistiques, en rigolant les bras levés, sous le regard consterné de la vieille babouchka qui surveillait le musée. Là aussi, une horloge était arrêtée à l'heure de sa mort : 3 heures moins le quart le 10 février 1837. Ils ont gardé les pistolets du duel qui lui coûta la vie. Les deux flingues sont bien rangés dans une vitrine. J'ai longuement observé celui avec lequel le Français d'Anthès a tiré dans le bide de Pouchkine au bord de la Rivière Noire. C'était un temps où l'on ne badinait pas avec l'amour. Pris d'un élan incontrôlable, j'ai dit à Lena :

— J'aimerais mourir dans tes bras.

— Oh no please ! I will have to remove the body ! Tu connais l'histoire du vieillard quand Pouchkine est mort ?

— Niet.

— Pouchkine était mourant, et soudain on annonce son décès. En entendant la nouvelle, un vieillard qui attendait devant la maison se met à

pleurer à chaudes larmes. Alors on lui demande :
« Vous êtes de la famille ? » « Non, répond le
vieux, mais je suis russe. »

Voilà pourquoi je préfère Pétersbourg à Moscou : là-haut les désirs de fric facile et de prostituées graciles sont atténués par l'orgueil culturel et la fierté historique. C'est la ville des montres arrêtées, des appartements inchangés, du pain noir rassis que l'on mange quand même. Le passé remonte sans cesse et pèse lourd sur le présent. À Moscou on veut oublier le passé parce qu'on pense qu'il ralentit l'avenir. À Saint-Pétersbourg le passé garantit un futur : c'est ici que Hitler s'est cassé les dents. Durant les 900 jours du siège de Leningrad, les habitants mangeaient de la colle et du yaourt rance, des rats, des enfants et de la terre. Il y eut 800 000 morts sur 3 millions de citadins. Les Russes font comme mon cerveau : ils ne gardent que leurs souvenirs favoris. La liste des collabos du KGB : effacée. La dépouille de Maria Fedorovna (épouse du tsar) : transférée en grande pompe à la forteresse Pierre-et-Paul. Le goulag : archivé dans une cave. La résistance au nazisme : célébrée. Les morts du stalinisme : mauvais goût. Les héros de l'armée russe : autorisés (sauf ceux qu'on a laissés étouffer dans le sous-marin *Koursk*). La vieillesse confère aux immeubles une grandeur qui ne s'apprend pas. Il y a des théâtres rococos et des bars littéraires à chaque coin de rue. Mon père, vous saviez que je risquais de tomber amoureux dans cette ville imaginaire. Même la boîte à la mode s'appelle Oneguin, du nom du dandy romantique imaginé par Pouchkine. Si j'ouvre un jour une boîte à Saint-Pét', je la nommerai Grouchenka comme la fille autodestructrice, l'avaleuse d'hommes des *Frères Karamazov*. Gardons bien à l'esprit que Saint-Pétersbourg est la ville où l'on érige des statues à des enfants gâtés buveurs, noceurs, coureurs de jupons frivoles et morts. Pouchkine, cet écrivain faussement futile, compara Saint-Pétersbourg à « une fenêtre ouverte sur l'Europe ». Windows on Europe ? Il y a aussi un Litteratur Café, où le poète prit son dernier verre avant d'aller se faire tuer en duel par l'amant de sa femme. Lena m'a tout fait visiter ; j'ignore toujours pourquoi elle m'a promené dans la nuit comme une enfant qui fait pisser son chien. Sans doute était-elle polie avec l'ami du curé de sa mère. Malheureusement, j'ai pris sa bonne éducation pour un début de penchant… Je ne savais plus où donner des yeux : Lena ou Pétersbourg ? Concurrence déloyale. Le plus souvent elle éclipsait la ville ; la vie l'emporte sur le marbre, la jeunesse frémissante écrase les cariatides minérales. Tout a trois siècles là-bas. Même la pianiste de mon hôtel, qui avait posé un chandelier et une rose sur son piano noir et blanc.

Mais Lena n'avait pas trois cents ans. Elle marchait discrètement, son book à la main et ses longs cheveux en cascade sur les épaules, ébouriffée par la joie de vivre et la santé. Je peux réciter par cœur sa première phrase au Caviar Bar : « Hi, I am visiting you on behalf of father Ierokhpromandrit. My name is Elena but everybody calls me Lena. » De ma vie, je n'avais jamais rien vu d'aussi éclatant. C'est embarrassant d'avoir immédiatement envie de hurler à la lune devant une petite blonde fine de quatorze ans, de fourrer sa langue dans sa bouche jeune comme une cerise au printemps et de s'allonger par terre pour qu'elle vous marche dessus en répétant « spakoïnoï notchi ». Il y avait des amis dans le hall qui m'ont raconté que j'étais devenu violet en lui serrant la main sans la relâcher pendant une minute. Je n'oublierai jamais mes premiers mots : « My name is Octave Parango, I work for Aristo Agency and I have been looking for you since I arrived in Russia. » Frédéric Cerceaux de l'agence Madison devait avoir les yeux aussi exorbités que moi quand il a découvert Laetitia Casta âgée de quinze ans sur la plage de Calvi. J'ai tout de suite promis à la gamine laiteuse qu'elle gagnerait le concours, que la compétition n'avait plus de sens, qu'elle l'avait remportée haut la main rien qu'en naissant, que j'allais envoyer sa photo par fax à Ellen von Unwerth et Mario Sorrenti, que *Bazaar* se l'arracherait mondialement mais qu'ils ne la méritaient pas, qu'il faudrait qu'elle apprenne à cacher toute cette munificence, à ne plus s'exposer, que sa force lui viendrait de sa rareté et de sa discipline, comme les danseuses du Kirov, que caviar et vodka pour tout le monde, que la vie était belle grâce à elle et pour elle, que Dieu existait puisqu'Il l'avait faite. Je croyais qu'elle riait ; en réalité elle montrait les dents… J'aurais dû me méfier de sa première blague, quand je lui ai dit que ses yeux avaient la même couleur que la piscine de l'hôtel : « Je la connais, l'eau est sale. » C'est alors que j'aurais dû comprendre que, dans cette histoire, le candide, c'était moi. Elle était montée dans ma suite le temps que je scanne son composite afin de le télécharger par mail aux bookers du réseau mondial. Bien que merdiques, ses photos (en noir et blanc, sans doute prises par un copain étudiant à l'Académie des Beaux-Arts de Saint-Pétersbourg en échange de son pucelage) étaient renversantes d'ingénuité perverse. Elle y posait torse nu et j'y ai vu son âme. L'âme : jusqu'alors j'ignorais ce que ce mot signifiait. Tout d'un coup je voyais une photo d'âme. Aucun adjectif ne pourra jamais décrire ce qui se passe sur cette image qui me rappelle un dessin crayonné de Degas qu'on peut voir au musée d'Orsay (« Femme demi-nue, allongée sur le dos », 1865). Certes, j'avais entendu parler de l'âme russe. Croire en Dieu est un pléonasme dans votre pays. Ce que j'ai appris dans la minute, c'est que Dieu est une jeune fille russe aux seins neufs et au regard impérial, qui gambade comme un faune de Léon Bakst dans le palais de la Grande Catherine. Provisoirement, quelque chose de supérieur avait migré dans ce corps, avait emménagé dans cette enveloppe terrestre, le temps d'une existence. Quand on a tellement attendu la grâce, la gratitude est démultipliée. J'avais subi des nuits sur des couchettes exiguës, des repas à base d'agneau bouilli longuement dans des cafétérias en plastoc orange, des tournées de vodka-formica chez des familles rougeaudes, tout cela pour enfin vivre ce moment miraculeux. Alléluia ! Lena condensa ma pensée en un proverbe : « No pain, no gain ». Je prévoyais déjà que l'effet de mon networking par internet pouvait faire basculer le jury en sa faveur. Quand je l'ai prise en photo, même mon appareil était intimidé. J'avais vidé mon minibar en tirant la langue comme un cocker. J'accumulais toutes les erreurs de débutant ! Je ne savais plus si j'étais aveuglé par l'amour ou par les flashes. Combien de fois m'avait-on répété de ne jamais mêler les sentiments avec ce boulot ! Piège classique : l'apprentie mannequin obtient tout de vous, des pourcentages non négociés aux soirées chez Karl Lagerfeld. J'aurais mieux fait de me pendre au lustre en faux cristal. Mais que voulez-vous : mon père aussi aimait les jeunes, je ne vois pas pourquoi j'aurais dérogé.

8

Le lendemain, vu mon insistance pitoyable, Lena accepta de m'accompagner au château de Peterhof, en bord de mer. J'aurais dû me méfier : elle sympathisait trop vite pour être honnête. Qu'aurait fait Pierre le Grand à ma place ? Défiguration directe. Le cachot, ou l'écartèlement. Ou bien il aurait fait exactement comme moi : l'entraîner au bout d'un chemin ombreux bordé de bouleaux et de conifères, dans son petit pavillon nommé « Mon Plaisir », qui permet de contempler les brise-glace croisant vers Cronstadt entre les pétales de l'été naissant. L'indolente Lena se foutait de moi, je le voyais bien : tout ce qu'elle voulait c'était que je la pistonne pour gagner la finale. Mais la vue du golfe de Finlande, sous le ciel infini, le soleil blanc, les nuages amis et sa démarche d'enfant dans ce petit Trianon de briques rouges… J'avais l'impression d'entendre de la musique. J'ai craqué pour une image, que voulez-vous, mon curé, je suis esthète : déformation professionnelle. Et puis j'avais investi tellement de fric dans cette prospection. Je n'avais pas d'autre solution que de tomber atrocement dingue d'une petite gérontophile au torse bombé et à la taille haute.

Lena jouait à se laisser arroser par une fontaine magique. Il a plu et elle m'a plu. Je m'emplissais les poumons d'air pur et salé. J'ai lu récemment deux vers de Pasternak qui m'ont rappelé cet instant :

Livre tes seins à mes baisers, comme à l'eau jaillis-
[sante !
Secoue mon âme ! Qu'à l'instant tout entière elle
[déborde et qu'elle écume !

Le jet d'eau d'une fleur géante l'inondait, son chemisier mouillé collait à ses tétons que l'on devinait en transparence, la couleur de ses aréoles s'assortissait à ses lèvres roses, sa chevelure noyait son front avant de serpenter anarchiquement entre ses mamelons comme un fleuve d'or, la terre devenait meuble sous ses pieds, et j'avais envie de me noyer dans sa boue lustrale. Définit-on l'harmonie ? C'était comme si, dans ce décor printanier de carte postale balte, l'on m'avait enfin accepté. Comme si ma laideur et ma faiblesse m'étaient enfin pardonnées : je n'étais plus un intrus. Sa beauté me donnait accès à un monde immaculé, sa candeur simplifiait ma vie ; je dégustais ce calme provisoire comme une montée de Stilnox. Il suffit d'une seconde ; on croit toucher au but. N'avez-vous jamais ressenti cela ? Ne plus oser bouger, de peur de briser quelque chose ? Dieu me tendait les bras et je me sentais prêt. La grâce est un présent car, dans ces moments-là, on n'a ni passé ni avenir. On devient un paysage.

9

Brr... Il fait chaud dehors et froid dedans. Bravo : votre hauteur de plafond a inventé la clim' non polluante. Votre cathédrale glaciale me donne la goutte au nez en plein été. Dehors les passants se baladent en short, ou s'allongent nus dans l'herbe pour bronzer au bord du fleuve. Chez vous, regardez : de la buée sort de ma bouche, je pourrais faire des ronds avec, comme si je fumais un havane. Tant que les églises seront froides, la religion sera en crise. Et pourtant je vous ai dit que j'adorais prier ! Je m'agenouille souvent à Moscou, comme je le faisais à Paris. Je pose les genoux dans des flaques d'eau, devant des églises où je n'entre pas, et je demande pardon au ciel pour mes péchés. J'aime apostropher le Grand Absent. Tourné vers le firmament, je demande aussi aux étoiles de m'absoudre à l'avance pour les péchés que je m'apprête à commettre. Ensuite je reviens vous voir pour me confesser. Ainsi mes crimes sont-ils bien encadrés. Ivan le Terrible procédait de la sorte à la cathédrale Basile-le-Bienheureux, n'est-ce pas ? La génuflexion permet de souffler entre deux séances de tortures. Sans me vanter, j'ai péché souvent. Je me dis fréquemment que, si le viol était légal, la vie des hommes modernes serait simplifiée. Malheureusement, il faut demander la permission avant d'utiliser un corps svelte. J'en viens enfin au but de cette confession : au bout de quelques trimestres moscovites, mes chastes séances de photos se mirent à déraper. Le désir s'est mué en avidité, l'avidité en envie (l'un des sept péchés capitaux), et l'envie en haine. Si je vous avais raconté cela la dernière fois, vous ne m'auriez jamais présenté Lena, et vous auriez eu raison. (Quand je pense qu'en anglais, présenter se dit introduire !) Je me souviens précisément du jour où j'ai basculé. Une dénommée Sasha suçait une Chupa Chups dans mon atelier. Avec ses taches de rousseur et sa natte tressée, elle attendait patiemment mon verdict. J'ai senti que je pouvais tout lui demander, donc je l'ai fait : « Tiens-toi droite pour faire grossir tes loches. » « Maintenant soulève ta jupe et penche-toi en arrière. » « J'ai envie de rouler des pelles à ta chatte. » « Baisse tes collants et ta culotte. Écarte les jambes. Ouvre-toi bien. Je peux t'appeler Sésame ? » J'ai gardé les gros plans de son con saumoné, et un enregistrement de ses petits bêlements sous ma férule. C'est exquis : jamais rien entendu d'aussi bandant que ces protestations. Elle n'a jamais porté plainte car mon « toit », Sergueï l'oligarque, me protège. Voyez-vous, ô prophète immaculé, le problème avec le pouvoir c'est qu'on finit toujours par s'en servir. La dépravation sexuelle est une tradition dans la Russie autoritaire depuis Lavrenti Beria. Si une nymphette veut réussir dans le mannequinat, elle ne doit pas se fâcher avec moi. Je suis une sorte de passage obligé vers les sunlights. Le saint Pierre du papier glacé ! Le Cerbère de la fashion week !

Vous toussez ? Au moins, c'est la preuve que vous ne dormez pas. Je dois en venir à l'aveu qui me tarabuste et que je reporte depuis des mois. Voilà : avant de rencontrer Lena, j'ai violé 12 jouvencelles en un an. Ne faites pas cette tête : cela ne fait jamais qu'une par mois… Vous savez, dans nos métiers artistiques, on prend vite certaines habitudes… D'ailleurs, quand je dis « viol », je crâne un peu, parfois je leur glissais juste un doigt, ou les contraignais à se titiller le petit bouton jusqu'à la jouissance. Laissez-moi juste vous exposer ma méthode. Je leur demandais de s'exhiber pour « capter leur sensualité dans l'objectif ». Je leur parlais « cinégénie », « professionnal sex appeal », « porn chic attitude », « hardcore style ». Je citais les photographes underground du moment : Terry Richardson, Rankin, Larry Clark, Juergen Teller, Richard Kern, Roy Stuart, Grigori Galitsin, tous classés X. Aux plus intellectuelles j'évoquais l'injustice faite au grand cinéaste Jean-Claude Brisseau, et comment le chevaleresque Louis Skorecki avait pris sa défense dans une affaire de casting « hot » où le réalisateur avait été condamné par la justice française. Une phrase de son jugement m'avait particulièrement effrayé : « M. Brisseau ne recherchait que la satisfaction de son plaisir personnel. Ce qui est exclusif de toute démarche artistique ou cinématographique. » Ignoble ! À quoi servirait un artiste qui chercherait autre chose que « la satisfaction de son plaisir personnel » ? Je refuse d'ouvrir le roman d'un écrivain qui pense à autre chose qu'à son propre plaisir ! Rodin se branlait devant ses modèles ! Klimt aussi ! Mais passons, je sens que je vais m'énerver, après j'ai des plaques rouges sur les joues, c'est répugnant. Le look porno était dans l'air du temps, jouer la carte du sexy n'équivalait pas à se prostituer, toutes les stars étaient passées par là (et c'est la vérité : la plupart des mannequins ont commencé par la photo de charme, plus ou moins hard). Ensuite, le sexe n'était pas un problème mais un sujet d'investigation, voire un mode d'expression. Elles se lâchaient, s'offraient, se trempaient, gémissaient, suçaient, avalaient, jouissaient, urinaient devant moi à la demande. La justification artistique autorisait toutes les expériences. Elles adoraient se sentir dédouanées. Je fournissais la caution culturelle, elles me prêtaient leur fente : on était plus proche du troc que du harcèlement.

Comment, votre honneur ? Évidemment qu'aucune ne m'a dénoncé. De toute façon, la police est avec nous. Les petites savent que leurs plaintes seraient sans suite, et nos représailles implacables. Une fois, l'une de mes proies a voulu m'attaquer en justice. Quelques coups de téléphone l'en ont dissuadée. Avant de les voir, je m'arrangeais pour qu'elles sachent bien que j'avais leur adresse et celle de leur famille. Nos « bandits » savent faire peur : ils sont très larges, ils sonnent à votre porte, vous soulèvent par le col, ouvrent la fenêtre et vous penchent au-dessus du vide en vous demandant s'il y a un problème. Généralement la réponse qu'ils entendent est : « Non, quel problème ? Il n'y a pas de problème. Il n'y a aucun problème. » En Russie c'est ainsi que les problèmes sont résolus depuis Pierre le Grand. Les carrosses en or massif ont été remplacés par des Mercedes blindées mais l'intimidation reste le nerf (de bœuf) de la société russe. J'ignore ce qu'est devenue la revêche ; probablement se cache-t-elle dans une isba de la taïga ou sous une yourte de Mongolie, au fin fond de vos provinces d'ouate et d'oubli, non loin du frigo où pourrit Khodorkovsky, le milliardaire qui a voulu vendre Ioukos à l'américain Exxon. Poutine et moi, on aime faire un exemple de temps en temps, ça calme les mutineries. J'avoue que je tenais bien mon business. Je rabattais des minettes pour les orgies de la nouvelle nomenklatura, en échange de quoi mes amis haut placés m'offraient la sécurité et l'impunité. Parfois j'ai honte de m'être vendu aux pétroroubles mais je ne suis pas sûr de le regretter. C'est si simple de devenir une bête immonde quand on vampirise la candeur. Je détruisais ces mijaurées parce que j'allais mal et j'allais mal parce que j'étais un mâle. Quel problème ? Il y a un problème ?

10

Progressivement j'ai délaissé mon travail : L'Idéal me rapportait moins que l'Oligorgie. Les vendeurs de crème cancérigène pouvaient bien se brosser. Les échelles sont différentes : les vendeurs d'aluminium et de gaz font ressembler l'industrie du cosmétique à une start-up d'étudiants stagiaires. J'aimais bien l'idée d'ajouter deux ou trois zéros sur mon compte en banque, juste en devenant une crapule. Aristo me harcelait téléphoniquement mais j'ai vite appris à être injoignable : il suffit de laisser sonner et soudain l'on devient très important. C'est fou comme une boîte vocale pleine impressionne celui qui a composé votre numéro. Les milliardaires moscovites m'hébergeaient à l'œil dans des palais récemment restaurés, où les sofas s'enfonçaient dans la moquette en cachemire et les oreillers dans les canapés en zibeline. Pour faire nos courses, nous hésitions entre l'hélicoptère et le jet, afin d'envoyer quelqu'un à notre place. Les filles étaient ravies de ne plus avoir de castings à passer ; et puis, entre nous, se faire gicler dessus dans des draps de soie est moins fatigant que rester des heures debout devant un objectif en plein courant d'air. L'avenue Montaigne et Courchevel (surnommée « the Russian Alps » par Sergueï) étaient tout ce qui me reliait à mon ancien pays. On s'éloigne vite de soi-même ; c'était tellement agréable que c'en était presque effrayant. J'aimais voir les putes à frange se rouler dans la fange. Si l'on ne profite pas de son pouvoir, à quoi sert-il ?

C'est Lena qui m'amène vers vous, comme vous m'avez conduit à elle. Non, ne vous inquiétez pas, je ne l'ai pas violée, à peine effleurée. Lena a des pieds étroits, je lui ai sucé les orteils à travers ses bas, ce doit être ce que j'ai fait de plus hot avec elle. La seule fois où nous avons dormi ensemble, c'était visage contre visage, et pendant son sommeil j'ai ralenti ma respiration jusqu'à ce que nos souffles coïncident. Son sommeil était un tableau de Picasso : « la femme qui dort », en moins cubiste. Je ne pouvais pas la toucher... Les femmes de porcelaine nous donnent l'impression d'être un pachyderme dans un magasin de Limoges. J'étais fier d'entrer dans des clubs avec elle, et je rosissais de contentement lorsque le « face controler » lui demandait ses papiers d'identité pour vérifier sa majorité. Sergueï allongeait alors les biffetons pour que la brute fasse semblant que Lena n'ait pas quatorze ans. Ce n'est pas moi qui l'ai fait fuir mais Sergueï. Il se vantait d'organiser des fêtes bizarres où les filles doivent porter un badge avec leur prix de vente. Il possède une usine de lait humain et une fabrique de larmes de soumises. Dans la première, des filles venant d'accoucher se font traire par des machines et il vend leur lait maternel à L'Idéal. Il me l'a avoué quand il était saoul : son mystérieux secret de jouvence c'est tout simplement le lait de femme ! Il a déposé un brevet qui permet de conserver le Human Milk. Il paraît qu'en l'étalant sur les joues on rajeunit de dix ans. Je n'aurais jamais dû lui montrer Lena, maintenant il veut la mettre en cloque pour pouvoir la traire ! Son autre usine est encore plus originale : des filles y sont attachées la tête en bas et battues sur tout le corps avec des orties au-dessus de bassines qui recueillent leurs larmes. Il vend les pleurs de vierges par hectolitres, une fortune ! Je ne plaisante pas, il commercialise même les vidéos de ces tortures en ligne. Les pauvres esclaves produisent une grande quantité de larmes quotidiennes. C'est affreusement beau, la quantité de douleur que peut enregistrer une caméra de surveillance dans un hangar tchétchène. Sur l'un des enregistrements, j'ai même reconnu Sergueï en personne ; penché sur une ravissante victime nue et suspendue, il lui murmure à l'oreille :

— Ne t'inquiète pas, petite, on te donnera bientôt la mort. Quand tu me l'auras suffisamment réclamée.

Puis on le voit enfoncer des aiguilles dans ses seins en récupérant ses larmes sur son visage avec une pipette. Les pleurs aspirés sur joues sont plus purs (dans la bassine, ils se mélangent aux crachats, à la sueur, à la salive et à la cyprine, le goût de la larme faciale est bien supérieur, tous les amateurs en conviennent). La rareté du produit provient de la complexité de sa récolte. Les corps des pleureuses doivent être solidement et étroitement attachés pour éviter toute déperdition. La fiole de larmes est vendue sur le net 150 000 euros les 10 ml, mille fois le prix du caviar ! On la déguste au compte-gouttes, one drop is enough ! C'est une eau tiède et salée qui a des propriétés aphrodisiaques, certains s'en versent même directement sur les parties génitales comme de l'eau bénite, avant une orgie c'est très galvanisant. On peut aussi s'en servir pour agrémenter des plats simples (sur blinis, œufs à la coque, pommes de terre au four...) ou parfumer certains cocktails. L'érotisme des larmes est très répandu et porte même un nom répertorié dans le *Dictionnaire des perversions* : la dacryphilie.

J'ai bafoué Lena, je l'ai piétinée, et j'ai compris à l'instant où je la perdais qu'elle était ma dernière chance. Lena est mon châtiment ; j'en suis tombé amoureux comme on écoute une sentence. L'amour commence toujours par la peur. J'ai tout de suite voulu m'en débarrasser. Je ne le savais pas encore, mais entraîner Lena à la party chez Sergueï le dacryphile était un test pour connaître mon degré de maladie. Je voulais savoir si je tenais à elle, et j'ai été servi : au moment où je l'ai dégoûtée, trahie, livrée en pâture, j'ai su que je lui appartenais mais c'était trop tard, elle m'en voulait déjà à mort. Laissez-moi terminer, père Ierokhpromandrit ! Je n'avais pas tout de suite compris que j'en étais fou, ou plutôt j'ai voulu résister ; je pensais qu'elle était comme les autres, que je pourrais la remplacer, l'oublier vite, ou que j'aimerais qu'elle m'échappe, que la voir baiser avec des sadiques m'exciterait comme René dans *Histoire d'O* (vous savez, ce remake des Évangiles où Jésus est remplacé par une femme masochiste). Mais c'est moi qui ai commencé à avoir mal, très mal, épouvantablement mal. La jalousie n'est pas un aphrodisiaque ; les échangistes ne sont pas vraiment amoureux, sinon les partouzes finiraient toutes en bains de sang. Si je vous confesse mes turpitudes, c'est pour la retrouver. Vous imaginez bien que je lui ai beaucoup parlé de vous, et je sais qu'elle se cache par ici depuis la nuit à la datcha. Si vous ne le faites pas pour moi, faites-le pour elle, pour sa famille, pour son avenir ! Professionnellement, elle est en train de tout louper. Mon répondeur déborde de propositions ! Elle ne va tout de même pas sacrifier sa carrière pour défendre son honneur d'adolescente ? L'Idéal veut la booker pour douze campagnes à Paris, l'agence Aristo s'est engagée pour trois tournages, en août, tout le petit milieu de la mode est collé au plafond par son aura, son allure, son look préraphaélite, et cette peste se planque sûrement à Moscou, là où j'ai perdu sa trace. Il faut absolument l'empêcher de rester chez Sergueï ! Si vous ne le faites pas pour moi, faites-le pour la sauver, elle. Je sais tout ce qui va lui arriver si nous ne la protégeons pas. Au mieux elle deviendra une cocaïnomane vendue, une noctambule obsédée de shopping, une starlette qui lit des magazines people pour voir si elle est dedans, une épouse de riche impuissant, une cocue délaissée, une prostituée maniaco-dépressive à l'épiderme grêlé, elle sera corrompue, vieille, banale. Elle portera un tee-shirt « DON'T TELL MY BOOKER » ou « FUCK ME I'M FAMOUS ». Bientôt le Jack Daniel's épaissira ses traits. Elle aura des billets roulés en tube plein son sac à main. Elle sentira le vieux cendrier dans la bouche. Au pire, L'Idiot l'enfermera dans son usine de larmes. La nouvelle crème de L'Idéal contiendra cet ingrédient révolutionnaire. Les amis de Sergueï kidnappent du monde en ce moment, pour augmenter la production. L'Idiot compte même lancer « Virgin Tears » avec Richard Branson, présenté sous forme de goutte-à-goutte avec pipette comme du Rivotril. Il m'a tout raconté un soir après un speed-ball. Il ne doit même pas se souvenir qu'il m'a révélé tous ses secrets, dans l'état où il était…

Voulez-vous que Lena finisse ainsi, suspendue par les pieds en train de pleurer dans une machine à pomper ses sanglots ? MON PÈRE, SAUVONS-LA ENSEMBLE. Je suis à peu près certain qu'elle viendra vous voir, si elle ne l'a pas déjà fait. Je vous assure que j'ai failli devenir un type bien. Je ne crois pas en votre Dieu mais je vous jure que j'ai eu foi en Lena (le mot foi vient du latin « fides », la confiance). Vous vous souvenez quand vous m'avez dit la dernière fois que l'amour est précieux ? Je vous ai répondu : l'amour est un jeu. Vous m'avez rétorqué que non, que l'amour est un mystère fragile, un miracle, une volonté. Je savais que tel serait le fond du problème, qu'un jour ou l'autre j'allais remplacer ma quête du mannequin ultime par celle de l'Être suprême. Un Dieu qui aurait compris mon angoisse. Un Dieu pour les obsédés, les épicuriens, les dépressifs, les jouisseurs et les lâches. Un nouveau Dieu qui ne serait ni l'argent ni le sexe, un Dieu à trouver, un Dieu à créer, un Dieu que j'en avais marre d'attendre. Je savais que la réponse était quelque part dans le plus grand pays du monde. Viol après viol, je pensais chercher la plus grande étoile de beauté mais si ça se trouve je cherchais le Messie. Platon le dit dans le *Phèdre* : la soif de la beauté est un désir de Dieu. Oui, voici ce que je suis venu vous dire, mon père : Lena Doytcheva n'est peut-être pas la Sainte Vierge, mais le Christ ! Jésus est une femme tchétchène ! Comment ça « foutez-moi le camp » ? Je viens chez vous faire acte de pénitence et c'est ainsi que vous me récompensez ? Bon si vous insistez, alors accordez au moins à Lena l'Immaculée Conception : l'innocente infante ne porte pas en elle le péché originel ! OK, OK, je sais que vous les orthodoxes vous n'avez cure de cette invention des cathos datant de 1854, da, je sors. Aïe ! Vous me faites mal au bras, mon père ! Lâchez-moi, moujtchina, je connais le chemin vers la sortie. Je reviendrai dans votre paroisse, comme dit Terminator. I'll be back ! Alléluia, votre excellence ! Je n'ai qu'à traverser la rue Volkhonka pour aller me recueillir au musée Pouchkine, où les jouvencelles de Renoir ont davantage de miséricorde que vous. Et rendez-moi mon bocal de foie gras !

Tant pis si je marmonne la phrase la plus importante de cette confession.

Tant pis si vous ne l'entendrez jamais :

J'ai aimé et j'ai été aimé, mais jamais les deux en même temps.

EXTRAITS DU BLOG DE LENA DOYTCHEVA
(pièce à conviction annexée au dossier
de la cathédrale du Christ-Sauveur)

Dimanche. Ma vie est un dimanche éternel. Si je ne me suicide pas, c'est que je suis déjà morte souvent. J'ai trop vu maman se faire tabasser par des connards cuités, je n'y ai pas survécu. Quand ils partaient, maman me giflait pour que j'arrête de chialer. Généralement on finissait par pleurer ensemble, je disais au secours et elle pardon, en me caressant les cheveux, jusqu'à ce que je m'endorme enfin, noyée dans ses larmes coupables. Dehors il neigeait tout le temps. J'exagère à peine, venez chez moi, vous verrez.

Lundi. Le mot tabou chez nous, c'était : papa. Je suis née juste après la chute de l'URSS. C'est bizarre de se dire que je n'ai rien connu de tout ce que me raconte maman : l'appartement communautaire qu'on partageait avec deux autres familles, les tours de rôle pour les douches, la cuisine avec les placards divisés, tout ça... Moi je m'imagine la vie collective comme un truc rigolo, une coloc à la « Friends » mais il paraît que c'était pas si marrant que ça quand c'était obligatoire. On ne choisissait pas sur qui on tombait et il fallait faire attention à tout ce qu'on disait. C'est pour ça que Maman est partie travailler comme ser-

veuse en France. À cause de ce qui était arrivé à son père, les autres se méfiaient d'elle, comme si c'était de sa faute. Et quand elle est revenue, ils l'ont détestée encore plus. Personne ne comprenait pourquoi elle avait choisi de rentrer accoucher à Leningrad après la chute du Mur. Son père (mon grand-père) a été déporté en 1937 parce qu'il avait posé le portrait de Staline par terre pendant une commémoration. Maman m'a toujours dit que Staline avait tué tous les hommes intelligents du pays, qu'il ne restait plus que des cons buveurs et castagneurs. Pourtant elle n'a pas pu vivre ailleurs (moi j'en rêve). « Le pays renaît de ses cendres. » Elle répétait cette phrase quand j'étais petite. Elle a mis des années à racheter aux colocs leurs chambres une à une jusqu'à ce qu'on soit enfin seules toutes les deux dans l'appartement mutilé, morcelé comme un puzzle, où l'on entrait par l'escalier de service. Je ne sais pas ce qu'il y avait avant mais je n'ai rien vu renaître quand je suis née. Des cendres, non, mais beaucoup de poussière, partout, de la neige sale sur du vent.

Mardi. Je n'ai pas connu mon père. Maman m'assure que c'était quelqu'un de bien, un bel homme, un Français sensible, intelligent, mais qu'il avait sa vie à Paris et qu'elle a préféré m'aimer toute seule. Oui, je suis une bâtarde, comme on dit là-bas. La fille d'une fille-mère. J'aimerais en savoir plus mais elle s'arrange toujours pour pleurer avant de répondre aux questions. Aujourd'hui dans un magazine j'ai lu une phrase de l'acteur Peter Ustinov : « Les parents sont des os sur lesquels les enfants font leurs dents. » Moi il me manque un père à ronger.

Mercredi. Le soleil m'a fait sourire ce matin. Je suis crevée. C'est décidé : j'arrête de me toucher. J'ai peur de prendre de mauvaises habitudes. Je ne veux pas être trop autonome dans mon plaisir. Je veux avoir besoin de quelqu'un d'autre pour atteindre le nirvana, j'attends le retour de Vitaly.

Jeudi. Je porte un tee-shirt « Be tough » qui s'arrête au-dessus du nombril que ma mère refuse que je perce. L'an dernier je m'étais fait tatouer une espèce d'aigle-dragon sur la clavicule et elle a exigé que je l'efface ! Le pauvre oiseau ne s'est posé sur mon épaule que deux jours... C'est chiant parce qu'enlever le tatoo au laser est encore plus douloureux que de le dessiner. J'ai grandi toute seule. Je me suis élevée moi-même comme une enfant sauvage. Ma mère n'était jamais là, elle travaillait toute la journée dans un restaurant, je l'ai toujours vue partir tôt et rentrer tard. Parfois des beaux-pères éphémères petit-déjeunaient avec moi et je retrouvais maman le soir pour dîner en tête à tête avec sa solitude. Est-ce générosité ou égoïsme de garder un enfant dont on sait qu'il grandira seul dans un petit appartement ? Les deux. Ma mère s'est sacrifiée en me sacrifiant. Je me demande si je serais capable d'en faire autant. Donner la vie demande d'oublier la sienne. Tania pense comme moi. (Tania est ma meilleure copine au lycée.) C'est fini, ce genre d'esclavage. On veut réussir, utiliser nos dons pour en faire un destin. Nous ne ferons pas d'enfants, c'est le seul moyen de rester teen forever. En plus je garde un bébé (comme baby-sitter) trois ou quatre soirs par semaine et franchement je trouve nul de faire un enfant pour le faire élever par une jeune fille au pair. J'ai l'impression que le bébé m'aime plus que sa propre maman : normal, il me voit plus souvent qu'elle. Je lui fais prendre son bain, je l'endors, je le cajole, lui chante des chansons d'Avril Lavigne... J'ai le cafard pour lui, une impression d'abandon, de déjà vécu... Je me ronge les ongles parce que j'aime bien mettre mes doigts dans ma bouche comme un bébé.

Vendredi. Ma mère a un vibromasseur en forme de tube de rouge à lèvres, je l'ai trouvé dans sa table de nuit. Je suis fatiguée nerveusement. Je m'en suis servie toute l'après-midi, c'est épuisant, c'est comme une drogue portative, renouvelable à l'infini et entièrement gratuite. Les trucs ignobles auxquels je pense pour arriver au bout me font honte, c'est pourquoi je ne vous les dirai pas. J'ai découvert l'orgasme à onze ans, en frottant mes cuisses l'une contre l'autre. Mais là, là... avec cette machine infernale... Dans la cuisine je suis arrivée toute rouge et couverte de sueur pour préparer le dîner avec ma petite tête d'ange irréprochable. J'ai fait le signe de croix pour bénir le repas et payer ma dette.

Vendredi encore. J'ai calculé que j'ai passé le quart de ma vie devant la télé. Je ne sais pas si j'ai plus envie de la casser ou d'y entrer. Aujourd'hui maman a reçu un coup de fil du père Ierokhpromandrit de Moscou, un vieil ami à elle. Il connaît le mec qui fait passer le casting du Contest Aristo Style. Le genre de défilés de petites débiles qui montrent leur cul à des vieux dégueulasses : j'en pense pareil que pour la télé. Je ne voulais pas y aller, mais bon. C'est ça ou mes cours de physique, ma vie ennuyeuse, ma ville fantôme… ça ne coûte rien d'essayer. Je vous raconterai tout sur ce site. Je vais tenter de mettre les photos en ligne si j'arrive à les télécharger. Sinon allez voir les portraits de Sasha Gachulinkova par Elina Kechicheva, elle n'est pas mal non plus (toooo gorgeouuuus!!), sans oublier Anna Selezneva et Ekaterina Kiseleva. Googlez-moi ces demoiselles, vous m'en direz des nouvelles! Mais revenez me voir après, j'actualise ce blog tous les jours.

Samedi. Je voudrais mourir jeune, mais beaucoup plus tard. Je veux être célèbre. Maman se moque de moi. Pourtant c'est elle qui m'a habituée à être vénérée. Sa religion se prosterne devant des icônes. Ce n'est pas un péché de vouloir en devenir une. Et puis c'est elle qui m'a branchée sur ce concours, c'est elle qui m'a accompagnée pendant des mois chez l'orthodontiste qui a enfilé des bagues sur mes dents, et des fils cisaillant mes gencives, et des appareils roses gluants de salive dégueulasse, tout ça pour que j'aie le plus beau sourire du quartier. Elle ne peut pas me reprocher de vouloir amortir son investissement buccal. Mieux vaut faire des défilés de mannequins que des marches militaires. En résumé, je ne sais pas ce que je veux, mais je l'aurai!

Dimanche. Le casting est mardi prochain, à l'Hotel Europe. Avec Tania on a essayé des fringues toute la journée. On s'est maquillées comme des gothic lolitas, quelle rigolade. Elle est folle : elle a piqué toute la lingerie de sa grande sœur. On a joué les lesbiennes nymphos, pris des photos de dingue habillées en soubrettes, plus ou moins à poil, n'importe quoi. Elle est persuadée que je vais gagner. Bon, c'est vrai qu'on est deux canons de manga maids mais je suis désolée pour vous chers lecteurs, je n'arrive toujours pas à télécharger mes photos, et puis elles enlèveraient tout mystère à mon blog. Je préfère vous laisser nous imaginer quand on s'embrasse sur mon lit couvert de robes pastel et de rubans roses... nos bottines lacées... nos fronts qui chauffent au milieu des ours en peluche.

Lundi. Écrire son blog c'est déjà une forme d'exhibitionnisme, peut-être plus grave que de défiler nue sur un podium devant des obsédés français.

Mardi. Le rendez-vous à l'Hotel Europe s'est très bien passé. L'organisateur s'appelle Octave, il a retenu ma candidature à condition que je me fasse passer pour une Tchétchène, et en plus il m'a invitée à faire des photos dans sa chambre. Il est très gentleman, il m'a dit que mes jambes étaient deux flèches plantées dans son cœur. Et aussi que ma beauté était trop forte, qu'il allait s'acheter des lunettes antiUVB (Ultra Violent Beauty). Je lui ai sorti un vers de Baudelaire que je connaissais en français : « Je suis belle, ô mortels, comme un rêve de pierre », ça lui a cloué le bec que je sache baragouiner quelques mots dans sa langue. Je lui ai expliqué que ma mère avait vécu en France. Il n'a pas retenu Tania qui est furieuse. Sale ambiance à l'Oneguin le soir même. On a fini par s'engueuler en fumant des pétards dans la rue. Pour la rassurer, je lui ai dit que j'étais pistonnée par le prêtre de Moscou.

Mercredi. Chaque fois que Tania me parle de Vitaly mon amoureux, me sentant rougir, je refais mes lacets. C'est devenu un réflexe pavlovien. Il suffit *que quelqu'un prononce son nom et je m'agenouille, tête baissée devant mes Converse pour cacher ma face grenat. Et pourtant je me suis laissé embrasser par le Français dans le Jardin d'Été. On s'est promenés toute la journée, on est allés à Peterhof en taxi, c'est incroyable comme il était timide par rapport aux mecs de ma classe. J'ai emmené Octave au Russkaya Rybalka, le restaurant au bord de la mer où les clients peuvent pêcher leur poisson avant de le bouffer. Il s'est mis à pleurer quand on s'est promenés dans le parc de la résidence de Pierre le Grand. Il faut reconnaître que je l'ai un peu allumé en me laissant arroser par la fontaine-surprise en forme de sapin, celle où l'on s'approche d'une grosse fleur rouge avant de se retrouver trempée par un jet d'eau. Sacré farceur le tsar ! 100 000 morts pour faire des blagues de collégien. Octave se marrait au début, mais à un moment il s'est mis à me fixer sans rire, là j'ai compris qu'il devenait sérieux. Sans me vanter j'ai pris l'habitude de ce genre de phase, chaque fois qu'un garçon arrête de rigoler et me regarde fixement, sans ciller, avec cet air dur et mélancolique de soupirant, je sais que c'est le début des complications. Tout maigre et perdu, les cheveux décoiffés, avec ses yeux cernés et sa veste noire, il me rappelait Raskolnikov quand l'ivrogne dans l'auberge au début du livre lui dit : « Chaque homme a besoin de savoir où aller. » Je suis un peu paumée, je ne vois pas pourquoi Octave s'intéresse à moi plus qu'aux autres filles. Comme s'il ne voyait pas que je suis capricieuse, ordinaire, cupide, sans consistance, et en plus idiote et banale. Quand il me répète que je suis*

« *shikarno* » *et que j'ai les seins convexes, quand il me surnomme sa* « *Jouvence* », *je n'arrive pas à savoir s'il se fout de ma gueule ou s'il est sincère. Ce n'est peut-être pas important, du moment qu'on passe de bons moments ensemble. Comme tous les dépressifs il soupire tout le temps, tel un jogger épuisé. C'est bizarre comme les vieux sont plus romantiques que nous. Le temps qu'ils perdent! Ou alors c'est comme une drogue : ils se shootent aux sentiments. C'est peut-être la raison pour laquelle j'ai toujours fréquenté des garçons beaucoup plus âgés que moi, fumé des pétards dès treize ans, essayé l'ecsta et la baise l'année dernière. Je veux être vieille pour être libre. Je n'ai pas vraiment eu d'enfance, maman prenait de la coke devant moi quand j'avais huit ans, chaque matin au petit déjeuner il y avait des jeunes mecs différents qui traînaient en caleçon dans la cuisine et piquaient mes céréales, j'étais agressive, menteuse et voleuse, virée de toutes les écoles, maintenant je suis un bébé dans un corps de femme, avec un visage d'enfant et un cœur bien enfoui, que je protège trop et qui ne demande qu'à s'emplir de larmes. Je sens que ça finira mal, mais pas tout de suite, s'il vous plaît, encore un instant, Monsieur le Bourreau.*

Jeudi. Olienka se moque de moi toute la journée, « *alors la starlette* », « *hello baby Vodianova* », *et cetera. Tania est toujours fâchée que j'aie accepté de défiler alors qu'Octave l'a jetée comme un vieux blini. Moi je me tue à lui répéter qu'il m'a choisie parce que j'ai accepté de jouer la comédie de la petite Tchétchène : puisque le monde se moque de nous, il est temps de lui rendre la pareille.*

Vendredi. C'est demain que je serai ridicule devant tout Saint-Pétersbourg. Pourquoi ai-je toujours l'impression que tout le monde s'amuse sauf moi ? Les autres filles se disent toutes la même chose ou est-ce moi qui ne tourne pas rond ? Je m'en fous : je sais que je suis très heureuse quand j'écoute Michelle Branch toute l'après-midi, allongée sur la pelouse du jardin Aleksandrovski en pensant au Français... Il m'a dit que notre différence d'âge n'était qu'un décalage horaire. Je vois comment les garçons s'arrêtent de parler quand je m'assieds au Tiffany's sur la perspective Nevski. Ils essaient l'air gentil mais je vois leurs yeux inquiets. Demain, peut-être... Je ne veux pas qu'il croie que je puisse avoir des sentiments pour lui. Ma vie peut bien changer, mais si elle reste la même ça ne me dérange pas. J'aurai toujours ma mère et les chansons de mon MP3, hier soir je l'ai regardée danser sur du Jerry Lee Lewis jusqu'à cinq heures du matin, il y aura toujours la place des Arts et les petits ponts jetés sur les canaux où je peux rester assise jusqu'à la tombée du jour en fumant de la skunk avec Tania... Et Spas Na Krovi, la cathédrale construite sur le sang d'Alexandre II. On dirait un cornet pistache-vanille-fraise qui fond sur les touristes en short.

Samedi. Pardon je n'ai pas eu le temps de tenir ce blog, avec tout ce qui s'est passé hier. Je vais essayer de raconter la journée dans l'ordre sans rien oublier mais ce ne sera pas facile, tant de choses sont arrivées en si peu de temps... Bon, premièrement, j'ai remporté le concours Aristo Style of the Moment ! Je ne vous l'apprends pas, c'était dans tous les jour-

naux. *Je vais aller à Paris faire les photos de la publicité pour L'Idéal !* La cérémonie était horrible, je n'y voyais rien avec tous les flashes, j'ai cru que j'allais faire un malaise vagal et tomber sur le jury ! Maman a pleuré, j'ai pleuré, Octave a poussé des cris dans le micro, tout le monde a applaudi Miss Tchétchénie à Pétersbourg, c'était surréaliste. C'est là que j'ai commencé à boire, je me sentais un peu ignoble sur le carrelage dans les loges, je me suis regardée dans la glace des toilettes et j'ai flippé toute seule : d'abord qu'est-ce que je foutais là et en plus j'avais gagné ; j'étais dégoûtée. Ma mère a refondu en larmes quand je lui ai présenté Octave. Il faut vraiment qu'elle se repose, petite maman trop émotive... Octave est entré dans ma loge, j'ai dit : « Maman, je te présente l'homme qui a organisé toute cette soirée. Octave, voici ma mère. » Au lieu de le remercier, voilà qu'elle prend son visage dans ses mains et s'en va en courant ! La folle ! Avec une mère pareille, comment voulez-vous que je sois normale ?

Après, Octave était très mal quand j'ai dédié ma victoire à Vitaly sur scène, mon amoureux surfeur, qui est parti faire du snowboard pendant six mois en Antarctique. Finalement tout le monde avait le cafard que je gagne ce trophée de merde ! Octave fait plus jeune que son âge. Il fait semblant d'être blasé mais il a un regard si triste, on a envie de le prendre dans ses bras, de le rassurer. J'avais envie de lui dire : « si tu veux, je peux te sauver, je peux t'emmener loin d'ici mais je ne coucherai pas avec toi ». C'est idiot, je sais, mais je crois qu'il est vraiment tombé amoureux de moi. Une fois, j'ai oublié *de vous le raconter, une nuit de la semaine dernière, on a dormi ensemble, j'ai dit à maman que je restais chez Tania, en fait j'étais dans sa chambre d'hôtel à regarder « Desperate Housewives » mais Octave avait pris des somnifères, alors on n'a rien fait, et moi je ne sais pas si j'en avais envie ou pas... Je sais que j'ai été fidèle à Vitaly mais peut-être que s'il avait tenté quelque chose j'aurais cédé. Octave disait qu'il m'aimait trop pour me brusquer, que nous aurions tout le temps de le faire plus tard, qu'il n'était pas pressé. Puis il s'est mis à suer et crier des trucs répugnants : « – Tu crois que je cherche à baiser des filles en enfilant une chaussette en caoutchouc sur la bite ? Hein ? Tu ne comprends rien ! Je veux que tu me serres très fort contre toi en m'expliquant comment on va être heureux ! » N'importe quoi. Bon, je l'ai recopiée ici parce que c'est tout de même une phrase-collector. Revenons à Miss Aristo. Après le cocktail victorieux, il m'a encore fait boire de la Russky Standard... Il a voulu qu'on fasse semblant de se marier dans sa suite. Comme j'étais bourrée, j'ai pioché une robe blanche Isabel Marant dans la penderie de l'agence et lui a passé une autre chemise noire et un nouveau jean (enfin il est resté habillé pareil mais en propre). Il m'a offert une bague de fiançailles qui clignote et je lui ai donné mon bracelet marijuana. Sur le coup j'ai trouvé ça marrant et pas grave mais en fait, avec le recul, c'était un peu glauque ce faux mariage.*

— Elena Olgavovna Doytcheva, lycéenne, veux-tu prendre pour époux Octave Marie François

Parango, publicitaire au chômage et chasseur de filles ici présent ?

— Faut que je réfléchisse…

— Surtout pas !

— Bon alors da.

— Octave Marie François Parango, écrivain refoulé et contrebandier de chair, acceptes-tu de prendre pour épouse Elena Olgavovna Doytcheva, collégienne à l'absentéisme récurrent, ici présente, afin de lui être fidèle et de lui tenir chaud jusqu'à ce que mort s'ensuive ?

— Voyons voir… vous pouvez répéter la question ?

— Va te faire foutre !

— Yes !

Après l'échange des consentements devant le miroir de la salle de bains, on s'est jeté du riz dessus, il y en avait partout, jusque dans l'entrée ! Il m'a invitée à danser le slow, j'ai choisi « Everytime » de Britney Spears sur son i-Pod Bose (j'adore le clip où elle s'ouvre les veines dans son bain). Depuis que je lui ai expliqué que Lenotchka voulait dire petite Lena, il répète sans arrêt Lenotchka Lenotchka comme un débile. Il est vraiment étonnant comme type. J'en ai jamais rencontré de pareil. On dirait un enfant qui fait des bêtises, j'ai l'impression d'être plus vieille que lui ! Il me fait marrer comme une folle. Quand il m'a dit je t'aime, j'ai dit je t'aime beaucoup pour blaguer mais je crois que lui ne plaisantait pas. C'est embarrassant mais je crois que j'aime être aimée à ce point-là, ça me nourrit, me donne des forces. Ma mère m'a souvent mise en garde contre les mecs qui font de jolies déclarations d'amour : ce sont les plus dangereux, ils te font bien plus souffrir que ceux qui se contentent de vouloir te sauter. Ils te saoulent de belles paroles jusqu'à l'aube, te comparent à la Vénus de Cranach ou à Jessica Alba, ils devinent ton signe astrologique surtout quand c'est Vierge, ne les laisse pas te faire perdre ton temps, dit ma mère. J'aime écouter sa voix quand il marche à côté de moi et m'explique des choses, la vie semble plus claire avec lui, plus simple et plus rigolote aussi. Je regarde son blouson élimé et j'ai l'impression que plus rien n'est compliqué. Quand il m'embrasse, parfois j'ouvre les yeux pour voir s'il ferme les siens. Et comme il fait pareil, on a l'air cons tous les deux à s'embrasser les yeux écarquillés. Alors on les referme avant de les rouvrir, encore en même temps. Là on rit. C'est nul. J'aimerais bien qu'il soit mon ami, un copain plus âgé, expérimenté, qui m'aiderait à découvrir le monde. J'ai parlé de l'absence de mon père avec Octave, comme c'était dur de grandir sans lui, et de trouver des capotes par terre dans la chambre de ma mère sans comprendre à quoi servait ce sac en plastique rempli de lait concentré. Il m'a raconté une histoire qui m'a fait pleurer. Celle d'un enfant qui voit son père victime d'un infarctus devant ses yeux. L'enfant doit avoir quatre ans, il est trop petit pour comprendre tout de suite, il essaie de soulever les paupières de l'auteur de ses jours, de secouer ses bras, de le chatouiller. Au bout d'un moment il pige que son père ne bougera plus. Le bébé porte son papa dans ses bras, c'est le monde à l'envers. Alors l'enfant fond en larmes, il appelle au secours, il est désemparé. Il embrasse le visage de son père immobile... C'est alors que son père ouvre un œil, et éclate de rire. C'était une blague, il faisait semblant d'être mort, il n'allait pas le laisser tomber comme ça ! En séchant mes larmes, il m'a dit qu'il venait de me raconter la vie de Jésus ; c'est la première fois que j'y comprends quelque chose. Jésus n'est pas le fils de Dieu mais notre père. Un père absent, parti au ciel, mais vivant, pas mort. Il m'a emmenée à la fête chez l'oligarque, j'étais complètement saoule, je me souviens que Sergueï laissait des pourboires de 10 000 dollars, je n'ai jamais vu autant de billets d'un coup. Dans la voiture il disait n'importe quoi :

— Adam et Ève étaient au paradis et ils ont déconné avec leur corps charnel, ils étaient bien, tout nus comme des robots, ils ne se rendaient pas compte qu'ils étaient nus, et Dieu leur a dit de ne pas manger l'arbre du jardin d'Éden, mais le premier couple était aussi con que les autres, ces deux couillons voulaient leur libre arbitre, et c'est ça qui nous a mis dedans, depuis la naissance du monde, cette putain de liberté qui nous a détruit, n'oublions jamais la devise de Félix Dzerjinski : « Si vous êtes toujours en liberté, cela ne veut pas dire que vous soyez innocent mais que nous n'avons pas bien fait notre travail. »

Chez Sergueï la déco était à base de chandeliers et d'écrans plats, de rideaux légers et de lits blancs, je n'avais jamais mis les pieds dans une aussi belle maison, jamais vu autant de gens sublimes et Octave a disparu. Je n'ai rien compris. Je ne l'ai plus revu. Je ne veux plus le revoir. Je crois qu'il y avait du somni-

fère dans mon verre, j'ignore qui l'y a mis, sûrement lui, je ne le comprends pas, il est entré dans ma vie avec ses grands mots et il a disparu en me laissant toute seule, c'est un connard et un sadique et un impuissant, et j'ai hâte que mon vrai mec revienne.

Je ne me souviens pas de la suite, quelqu'un a dû me ramener chez moi, je me suis réveillée dans mon lit. Habillée avec les fringues de la veille, dégueulasses ! Et mon trophée débile sur ma table de chevet. (En fait je me souviens de quelques trucs mais j'ai trop honte pour vous les raconter. J'ai joui beaucoup de fois, en couinant comme un vrai goret.)

Lundi. J'ai 14 ans et trois mois : Octave m'a dit que c'était l'âge de la Juliette de Shakespeare. De toute façon Jerry Lee Lewis, l'idole de ma mère, a épousé sa cousine Myra quand elle avait 13 ans. À 13 ans moi je mettais du coton dans mon soutif pour rentrer en boîte. Je fumais des joints en classe tous les jours, je prenais de l'ecsta mais jamais de coke (trop vu ma mère en bad). J'ai toujours traîné avec des mecs beaucoup plus âgés que moi, je haïssais l'école, je me suis fait virer dix fois, j'étais agressive par timidité, je mentais tout le temps et volais dans les magasins : une vraie klepto-mytho ! Je fus dépucelée à 13 ans, ivre morte, je picolais beaucoup comme tous les élèves de ma classe, mes mecs étaient des pères de substitution, je vous dis tout ça très vite pour expliquer pourquoi la soirée chez Sergueï ne me traumatise pas. Je me disais souvent : je rentre à l'Oneguin et j'ai même pas mes règles ! Je mentais sur mon âge, je disais que j'avais 17 ans, je me maquillais et m'habillais en vieille, les yeux en noir, des talons *très hauts, des jupes très courtes. Souvent je quittais les mecs pour éviter de baiser. À 13 ans toutes les filles de ma classe avaient déjà baisé mais je n'avais pas d'amies, mon physique les rendait jalouses et moi asociale, et comme je changeais souvent d'école je n'avais de toute façon pas le temps de m'attacher. L'an dernier, je me suis forcée à coucher sans plaisir et j'étais très soulagée d'être débarrassée. J'ai tout de même envie de déménager à Tachkent. Là-bas on vit comme des princes, dans une maison avec des domestiques, pour 100 dollars par mois. La bouffe est délicieuse, les gens sont polis, il fait beau, j'ai écrit à Vitaly qu'on pourrait être heureux à Tachkent, que j'aimerais être sa princesse ouzbèque après m'être faite passer pour un top-model tchétchène. Il faut partir d'ici. Mon contrat avec L'Idéal est signé, j'ai le billet d'avion en poche, Sergueï me harcèle sur mon mobile. Ma new life commence... Je reprendrai ce blog dès que je le pourrai, sinon adieu et pardon de vous laisser tomber, mes nombreux fans et groupies ! Nitchevo strachnovo... (C'est rien, c'est pas grave...)*

EXTRAITS DE L'INTERROGATOIRE DE Mlle LENA
DOYTCHEVA PAR LES SERVICES DE L'OURPO, MENÉ
DANS LES LOCAUX DU FSB APRÈS LA CATASTROPHE

« Il était perdu, moi je me cherchais, notre rencontre était fatale. Non, pas le fouet, s'il vous plaît, je serai gentille... utilisez ma bouche et laissez-moi partir, je ne suis pas responsable de cette tragédie. Non je ne suis pas tchétchène, c'était un mensonge pour plaire à la marque L'Idéal, et puis même si j'étais tchétchène, cela ne fait pas AUTOMATIQUEMENT de moi une "chahid" ! Puis-je téléphoner, je connais des personnes très haut placées, je ne veux pas d'ennuis et si vous n'en voulez pas non plus, vous avez intérêt à me relâcher ! (...) Je n'ai rien à voir là-dedans, si ce n'est que je connaissais le Français, qui m'a contactée de la part d'un prêtre orthodoxe. Ma mère l'avait rencontré à Paris quand elle y travaillait comme serveuse dans un restaurant. Il voulait me proposer de faire une carrière dans le mannequinat international. Nous nous sommes vus à plusieurs reprises à Saint-Pétersbourg. Oui, nous avons eu une liaison mais purement platonique. C'était un homme charmant, il semblait très épris de ma personne, je suis très jeune, il m'a un peu emmenée dans son délire romantique, c'était comme dans un film, enfin je crois, je ne sais plus, vous m'avez fait *mal au dos tout à l'heure, s'il vous plaît dites au monsieur lubrique d'arrêter de regarder, je peux remettre ma chemise s'il vous plaît ? Je n'ai pas besoin d'être torse nu pour répondre à vos questions. (…) Octave m'a sauvée, je sais que personne ne veut entendre une chose pareille mais c'est vrai. Comme dit la vieille dans le film Titanic : « Il m'a sauvée de toutes les façons qu'une personne peut être sauvée. » Sauf une. Oui, je pourrais dire que j'ai eu un mini-"crush" pour cet homme mais rien de plus. Nous avons flirté un peu dans sa chambre, rien d'extraordinaire, il disait que je l'intimidais, que j'étais trop petite, qu'il attendrait l'âge légal. Je ne pouvais pas du tout me douter qu'il était aussi dérangé psychiquement. Il était calme et attentionné, jusqu'à ce qu'il mette fin à notre histoire sans me donner de nouvelles, après une soirée chez Serguei Orlov, le chairman of the board du groupe Oilneft. C'est pourtant lui qui avait insisté pour m'emmener chez son ami. Je ne voyais pas qu'il était capable de jalousie : quand il m'a présenté Serguei, celui-ci a demandé « Vous êtes ensemble ? » et Octave a répondu : « Non, on est heureux. » J'ai su ensuite qu'il avait cherché à me joindre à de nombreuses reprises chez ma mère mais j'étais à Courchevel avec Serguei et j'avais changé de numéro de portable. Il a sans doute pensé qu'en commettant ce crime il pourrait renouer avec moi… C'est un peu comme le fou qui a tiré sur le Président américain pour séduire Jodie Foster. Ma mère m'a raconté cette histoire horrible… (sanglots) Je ne comprends pas ce qui a pu se passer dans la tête du Français. C'est affreux, affreux… Il avait l'air intel-*

ligent, il avait de belles mains, je ne comprends pas, il embrassait comme une fille... Enfin, avec sa barbe, il me donnait plutôt l'impression d'embrasser un "ezhik" (hérisson) ! Que pouvais-je faire ? Comment aurais-je pu deviner qu'il en arriverait à de telles extrémités ? Maintenant ma carrière est ruinée, je suis foutue, grillée dans le métier, que vais-je devenir ? Je ne suis pour rien dans cette horrible journée. Pour toujours je suis la fille du malheur. Ma mère n'arrête pas de pleurer, laissez-moi lui parler, après tout c'est elle qui m'a dit d'aller au rendez-vous, c'est peut-être à elle que vous devriez poser vos questions... Olia est bizarre depuis le drame. Elle s'enferme dans sa chambre, prie toute la journée, comme si c'était de sa faute. Je n'arrive pas à la consoler, mon Olienka... Elle déteste Octave, elle lui en veut énormément, moi aussi d'ailleurs, il avait l'air si aimable, pourquoi a-t-il fallu que ce cataclysme s'abatte sur notre famille ? (silence) Heureusement que j'ai Sergueï, vous pouvez l'appeler, il n'appréciera pas vos questions, vous feriez bien de me parler autrement, vous avez un problème ? quel est votre numéro de matricule s'il vous plaît ? Non, je ne vois pas pourquoi Sergueï aurait quelque chose à voir avec l'attentat, nous ne sommes pas en 1999, la guerre n'a plus besoin de justifications, aïe, AÏE arrêtez, je disais ça pour rire, je ne sais plus ce que je dis, je suis si fatiguée... (...) Monsieur s'il vous plaît, détachez-moi, soyez gentil, tout ce que je demande est un verre d'eau sans polonium dedans, cela fait deux jours que je n'ai pas bu, ni dormi, j'aimerais qu'on me rende mes vêtements, spassiba, non, pitié, ne me frappez plus avec le tuyau d'arrosage, je... je serai coopérative, juste un verre d'eau par pitié, j'ai mal aux poignets et au ventre, j'ai des crampes, je ne veux pas que l'autre monsieur revienne, je vous en prie, il m'a fait très mal à la poitrine la dernière fois avec les pinces électriques... »

(traduction d'Igor Sokologorsky,
de l'ambassade de France à Moscou)

EXTRAITS DE LA DÉPOSITION SOUS SERMENT
DE SERGUEÏ ORLOV, CEO D'OILNEFT

« J'ai fait la connaissance d'Octave Parango par l'intermédiaire d'un ami corse qui m'a vendu l'un de mes yachts et une maison à Porto-Vecchio où je n'ai pas encore eu le loisir de mettre les pieds. Il cherchait de nouvelles recrues pour une agence de mannequin franco-américaine, je lui ai proposé de l'aider, étant moi-même actionnaire de plusieurs agences de communication à Moscou et Saint-Pétersbourg. J'ai fait des études supérieures de mathématiques, je ne savais pas que je me retrouverais professeur d'économie, puis banquier et industriel, j'ai débuté comme balayeur, je me suis élevé tout seul dans les années quatre-vingt-dix grâce au système "prêts contre actions", et je ne dois rien à personne. Le groupe pétrochimique et sidérurgique Oilneft possède plusieurs usines de composants cosmétiques, lesquelles fournissent notamment la société Virgin Tears et L'Idéal Monde. C'est par le truchement de cette dernière entreprise que j'ai rencontré Parango à plusieurs reprises dans l'année écoulée (il recrutait des nouvelles filles pour la marque leader) mais jamais il n'a évoqué ni mentionné devant moi ni en présence de mes proches son macabre projet. Je précise que j'ignorais totalement ses antécédents judiciaires, et

en particulier qu'il avait purgé une peine de prison en France pour complicité dans une affaire de meurtre aux États-Unis (homicide de Mrs Ward, dossier en annexe 99F). Chaque fois qu'il critiquait la Russie, je le prenais pour un plaisantin, un artiste, un socialiste de salon (il avait publié un pamphlet contre la pub en France, et selon mes informations il avait aussi conseillé le candidat du Parti communiste français lors de l'élection présidentielle de 2002). Les armes qu'il a subtilisées à mon domicile pétersbourgeois étaient sécurisées dans une salle de coffre : je ne sais pas comment il s'est débrouillé pour y pénétrer. J'ai immédiatement proposé au FSB et à la police de Moscou de fournir la liste des employés de mon service de gardiennage, au cas où ces éléments pourraient être utiles à l'enquête, des complicités n'étant pas à exclure au sein de mon propre personnel de sécurité. Le board d'Oilneft reste entièrement à la disposition des autorités afin que toute la lumière soit faite sur le plus grave attentat terroriste ayant eu lieu à Moscou depuis 2002. Le groupe Oilneft dément formellement toutes les rumeurs concernant l'existence en Tchétchénie d'une prétendue usine de traitement du lait maternel ou à Komsomolsk d'un site de production de larmes humaines, qui détiendrait contre leur gré des ouvrières afin de revendre leur production comme cosmétique anti-âge. Les allégations de la Novaïa Gazeta *sont des affabulations grotesques : le lien avec les sites internet sadomasochistes de flagellations et de crucifixion de jeunes femmes (extreme pain.org, whipped ass.com, extreme brutality, inhuman sadism, executions of virgins, teentit torment et crucified teens) n'a jamais été établi ni prouvé et en tant que président du groupe Oilneft je les démens formellement. Quant à fragile hostage.com, unwanted fuck et fresh russian tears, ce sont des labels déposés par une autre filiale du groupe qui commercialise des vidéos bdsm à caractère pornographique dont tous les participants sont majeurs et consentants. La rumeur calomnieuse est une tentative puritaine de déstabilisation professionnelle inadmissible dirigée contre le prestige des marques de notre compagnie, qui sera comme telle poursuivie par notre entreprise devant les juridictions compétentes, en Fédération de Russie et ailleurs (la Cour européenne de justice est d'ores et déjà saisie par la société L'Idéal Monde). Je n'ai rien à ajouter sur cette affaire, qui me consterne et m'attriste comme tous les citoyens de notre ville, en particulier la communauté orthodoxe, dont je fais partie, mais aussi ma famille et mes proches dont je vous laisse imaginer la douleur. Je rappelle que, malgré mes origines juives, je fus membre fondateur dès 1994 du comité de donateurs qui a engagé le financement de la construction de la cathédrale du Christ-Sauveur. Permettez-moi d'exprimer une pensée de solidarité et d'affection pour toutes les familles des victimes touchées par cet horrible acte de destruction et de blasphème. Je m'associe aux prières de toute la Russie Unie, et apporte mon soutien indéfectible au Président Poutine dans son combat pour la vérité. Un jour, il faudra songer à débarrasser notre territoire sacré de tous ces "boïviki" et punir tous ceux qui veulent souiller la grandeur nationale et l'âme de notre pays éternel. Ce combat est celui de notre Président et sera celui de son successeur, quel que soit le candidat retenu. Tant que des dangers aussi extraordinaires menaceront notre cohésion nationale, il faudra à la tête de notre démocratie des hommes volontaires.* »

QUATRIÈME PARTIE

Automne
(Osen)

« Ma charmante, mon inoubliable ! Tant que les creux de mes bras se souviendront de toi, tant que tu seras encore sur mon épaule et sur mes lèvres, je serai avec toi. Je mettrai toutes mes larmes dans quelque chose qui soit digne de toi, et qui reste. J'inscrirai ton souvenir dans des images tendres, tendres, tristes à vous fendre le cœur. Je resterai ici jusqu'à ce que ce soit fait. Et ensuite je partirai moi aussi. »

Boris PASTERNAK,
Le Docteur Jivago, 1957.

1

J'ai un cheveu blanc sur le front qui s'agite comme un drapeau : pour prévenir la mort que je me rends. Merci de m'accueillir à nouveau dans ta demeure de marbre, père Ierokhpromandrit. Je suis coké jusqu'aux yeux. Retombé le nez dedans depuis trois semaines, ha ha ha ! La pluie de l'automne me ronge les sangs. Je ne comprends rien à ton ciel pierreux : tantôt il nous gèle, tantôt nous étouffe. Et moi qui comptais prendre ma retraite en Russie ! Tes ouailles ont besoin de toi, je n'abuserai pas de ton temps sacré avec mes fariboles poudreuses. Je voulais te demander d'excuser mes récits scabreux de la dernière fois, et surtout te remercier de ne pas en avoir fait état auprès des autorités. Je comprends parfaitement ta réaction ulcérée. Le secret de la confession ne justifie pas qu'on doive subir des descriptions détraquées à longueur de journée. Le Botox paralyse les muscles, il m'en faudrait une injection dans le cerveau. Pardonne-moi 77 fois 7 fois, soit 539 fois ! Je sais parfaitement que tu n'avais nulle envie de m'entendre à nouveau, surtout après que j'ai trahi ta confiance en débauchant la Très Gracieuse Lena Doytcheva. Je suis désolé d'avoir été contraint de placer des charges de dynamite tout autour de ton sublime édifice, de plastiquer l'ensemble de ces majestueux piliers et de m'entourer le ventre d'explosifs. Évidemment, il serait regrettable que j'appuie sur ce détonateur, mais après tout Staline a déjà détruit cette cathédrale en 1931, et Khrouchtchev en avait même fait une piscine chauffée à ciel ouvert ! La plus grande du monde, tu te souviens ? On la repérait de loin, avec sa colonne de fumée qui grimpait dans le ciel, entourée de neige, la vapeur tiède ressemblait à un champignon atomique... On ne voudrait pas revoir pareil spectacle ailleurs que dans le souvenir. Les immeubles sont malléables, comme nos existences, n'est-ce pas ? Quel étrange lieu saint, sombre et lumineux. J'adore ta nef humide et déserte, mais parfois elle me stresse ! Quand je pense que Staline voulait la remplacer par un gratte-ciel géant plus haut que l'Empire State Building, la « Tour Lénine », avec en son sommet la statue du fondateur de l'URSS, ce cher Vladimir Ilitch Oulianov, avec son menton poilu comme le mien, debout dans les nuages, montrant le chemin vers la vérité dans un seul pays ! Et il voulait que cette statue soit plus grande que la Statue de la Liberté ! Une belle bande de malades, hein ! Il serait dommage qu'il ne subsiste de ton église que le parking souterrain, où ma voiture est garée en ce moment même. J'y tiens beaucoup : une Cayenne flambant neuve avec sièges en cuir et trois lecteurs de DVD, offerte par mon Nouveau Russe préféré. De grâce, empêche-moi de la broyer sous un tas de gravats, même sacrés.

2

Comme tu le sais, mon théologien, chaque fois que je suis en bad, j'aime rendre visite à Jésus-Christ. Cet homme est mon antidote. Comme tu en es le digne représentant, je ferais n'importe quoi pour me confier à toi. Ne t'inquiète pas, je ne veux pas faire de victimes. Il est vrai que je me sens mieux dès que je m'agenouille sur ton prie-Dieu ; l'église est mon Xanax. Jésus est très éclairé derrière ton autel. Toutes les bougies du péristyle raniment mon cœur. Le Messie s'est-il vraiment sacrifié pour nous, tel un kamikaze tchétchène ? Arrête de prendre ce regard alternativement courroucé et consterné. Ce qui est sûr, c'est que le Christ a mal fini. Certes, tu as raison. Il est ressuscité. Voilà : tu l'as, la raison de ma venue ici. J'aimerais tellement l'imiter. Il n'y a pas que les musulmans qui peuvent être des martyrs. Les chrétiens qui se jetaient dans la fosse aux lions ne faisaient sauter personne d'autre ? Eh bien il est peut-être temps que ça change : je serai le premier kamikaze catholique qui fera sauter une cathédrale orthodoxe. Christ Akbar ! Yop la boumski !!

Reste assis, ô patriarche. Il faut que tu m'écoutes jusqu'au bout ; ne m'oblige pas à transformer la cathédrale du Christ-Sauveur-Sur-les-Eaux en Ground Zero-sous-la-Moskova. Tu sais très bien que, si tu préviens la police, elle gazera sans hésiter au Fentanyl tous les fidèles présents sous ce dôme ou nous attaquera au lance-flammes, sans parvenir à m'empêcher de déclencher l'explosion. Mieux vaut entendre patiemment ma confession, me donner l'absolution et me laisser repartir d'ici dans le calme et la sérénité. Dès que j'aurai obtenu le retour de Lena Doytcheva, je te promets de disparaître définitivement de ton existence. Le pardon des péchés est-il prévu par la religion orthodoxe ? Je t'en supplie, prête attention à ma complainte, je ne suis qu'une brebis galeuse qui se prosterne à tes pieds. Je t'assure que tout le monde va s'en sortir si les médias relaient mon appel et que la Tchétchène blonde qui a remporté le Petersburg Aristo Style Contest montre le bout de son nez retroussé. Au moment où je te parle, Lena prend une douche quelque part dans le monde, le savon coule sur ses tétons, c'est inadmissible. Je suis ici pour appeler au secours et demander pardon.

3

Attends que je reprenne une ligne, Paris-Vladivostok avec escale à Novossibirsk… Chéri, j'ai rétréci la coke, ouaaah ! La pire connerie à faire avec ce truc, c'est d'arrêter ! T'es sûr que t'en veux pas ? Ô Sainte Narine Immaculée ! Tant pis pour toi my Lord. Moi j'en prends parce que ça m'aide à parler. Je vais donc revenir sur l'origine de ma brouille avec Lena et tu vas m'écouter patiemment parce que ton job consiste à aimer la vie et à la défendre. Et je te comprends : moi aussi je me suis souvent accroché à la vie. À partir de 40 ans, chaque fois que l'on vit quelque chose, on se dit que c'est peut-être la dernière fois. Être convaincu d'avoir dépassé la moitié de sa vie modifie un peu le comportement. Je ne serais peut-être pas ici si j'avais vingt ans de moins. Je te l'ai dit, jusqu'à ma rencontre avec Lena, je me considérais comme un infirme sentimental. Quand on est élevé par des nounous variées et des pères interchangeables, on apprend vite à ne jamais s'attacher. À l'adolescence, les filles ne voulaient pas assez de moi ; aujourd'hui, pour des raisons professionnelles, elles me veulent un peu trop. Je ne connais pas le secret de l'amour. Je suis un handicapé de l'altruisme. Je n'ai pas eu la chance de rencontrer ton Seigneur, et malheureusement, jusqu'à récemment, je n'avais pas réussi à rencontrer quelqu'un d'autre. C'est tristement banal dans les pays riches : il y a longtemps que plus personne ne s'y intéresse à son prochain. Peut-être ne pouvez-vous pas encore vous en rendre compte en Russie : en abusant du désir, notre civilisation l'a détruit. Ce que nous nommons individualisme, je l'ai longtemps pris pour une forme de liberté. Mais à présent je le sais : la liberté ne conduit qu'à l'impuissance devant son écran plat, au suicide dans une salle de bains garnie de miroirs. La liberté, quelle liberté ? Celle de se branler devant sa glace ? Celle de ne dépendre de personne ? On place trop haut la liberté. La liberté est encore un mensonge, une illusion, une autre utopie ! L'individualisme : grande victoire de la philosophie des Lumières ou avènement de la solitude la plus narcissique de l'histoire de l'humanité ? Chez vous, la liberté a le même âge que Lena. La liberté est adolescente en Russie. La vérité c'est que les gens se foutent complètement d'être libres, tu es bien placé pour le savoir : ils se contenteraient amplement d'une raison de vivre.

Lena a cru que je la traiterais comme les autres, toutes ces putes qui lui ont brossé mon portrait en monstre sexuel. Comment aurais-je eu la moindre pitié pour des êtres qui ne m'inspiraient aucun sentiment ? On n'a rien à perdre quand on n'aime personne. Ce n'est pas du nihilisme : c'est du capitalisme. Une civilisation de douillets et de lâches, un System de flics où l'on a peur de son prochain. Je me souviens qu'à Paris je me rassurais en plaignant la misère des pays pauvres à la télévision. La souffrance des démunis me semblait ridiculiser la mienne. Inconsciemment, si j'ai accepté de m'installer ici, ce n'était pas pour chasser de la chair fraîche mais pour savoir si j'étais humain. Je vous prenais pour un pays du tiers monde, encombré de Lada carrées. (Tu connais la devinette russe : quelle est la différence entre une Lada et le sida ? La Lada tu ne peux la refiler à personne.) Très vite je me suis aperçu que je n'avais rien compris à la Russie. J'ai lu vos auteurs, étudié votre Histoire, votre religion et maintenant je commence à entrevoir la vérité : vous êtes aussi paumés que moi mais vous l'acceptez. Vous rêvez de gagner au casino sans travailler, d'hériter du jour au lendemain d'une usine à gaz ou d'un gisement de pétrole, comme Mikhaïl Prokhorov ou le pêcheur de Pouchkine qui se fait offrir un château par un poisson doré. Vous êtes des Irréalistes, comme dirait Pierre Mérot. Entre la richesse et la liberté, vous avez choisi la richesse. Je devrais être russe ; j'aimerais être né dans votre pays déraisonnable plutôt qu'en Béarn, ma planète coincée entre montagnes et océans. À la Villa Navarre, je ressentais la même chose que les Russes en Russie : autrefois on était chez nous et maintenant on n'y est plus.

Je n'ai fréquenté que des riches chez vous, parce que mon job était de chercher les jolies femmes et que les jolies femmes vont avec les riches, ceux qui ne roulent pas en Lada. À Moscou on dénombre 280 000 millionnaires en dollars ; ce record mondial laisse l'embarras du choix. Tel est un des secrets du métier de scout : le plus rapide moyen d'entrer en contact avec un grand nombre de belles filles dans n'importe quel pays est de fréquenter ses milliardaires. Avec eux j'ai découvert que l'argent tue l'amour, qu'on en parle dans les dîners mais que l'amour n'est plus possible au-dessus d'un certain niveau de vie. De toute façon je crois que l'amour n'existe plus, que les conditions de l'amour ne seront plus réunies désormais dans notre civilisation déniaisée. Comment veux-tu tomber amoureux alors qu'en Russie le romantisme a été aussi sévèrement puni ? Ce qui est mort en 1991 n'est pas seulement l'Union des Républiques Socialistes Soviétiques, mais aussi la crédulité humaine. La conséquence de l'échec du communisme, c'est l'impossibilité de l'engagement, dans quelque domaine que ce soit, politique ou personnel. Et cette défaite ne concerne pas seulement la Russie mais le monde entier. L'hédonisme est l'idéologie des gens qui n'ont plus d'espoir. Toute chimère est désormais interdite. La mondialisation fait de nous des techno-consommateurs pessimistes et résignés. L'amour est un rêve prohibé, comme tous les autres rêves, à part les crédits revolving. Le XXIe siècle ne se remettra pas d'avoir ridiculisé le lyrisme.

4

    Tais-toi, s'il te plaît, dévot chartofylax, tu vois mon pouce ? Il suffit que j'abaisse cette manette et la poussière redeviendra poussière. Dastali ! Je te demande juste d'écouter mon récit et ensuite nous débusquerons Lena ensemble par médias interposés. Quand elle verra son nom à côté du mien à la une des quotidiens et des journaux télévisés, elle reviendra… et si elle ne revient pas, nous mourrons ensemble, quelle importance ? Rien à perdre. J'ai le nez qui coule, je renifle des larmes de drogue. Tu m'as tué à Pétersbourg… Pétersbourg, ô Pétersbourg ! C'est pas mal de répéter le nom plusieurs fois, ça fait poète. Ce qui me fendait le cœur quand Lena me racontait son enfance, c'est qu'il me semblait reconnaître la mienne. Une enfance dénuée de père, une solitude interminable, la mère triste… De toute façon, aujourd'hui tout le monde a la même vie que moi. Nos histoires nous unissent et j'aimerais tant que nos destins se confondent. Les Russes disent qu'il faut vivre à Moscou et mourir à Saint-Pétersbourg : au fond, n'est-ce pas ce que j'ai fait ?

Lena je l'ai aimée malgré sa beauté. Je te l'assure, ce n'est pas seulement son physique qui m'a attiré, mais sa détresse, sa honte d'être belle, sa gêne radieuse. J'ai toujours pensé que le truc le plus érotique du monde, ce serait une très jeune blonde plutôt guindée qui dirait des trucs hyper-chiants du genre « I hate sushis ». L'inatteignable fille en fleurs, en top translucide dans un pré, sous les longs nuages blancs virginaux sans fin, ou en nuisette de baby-doll sur un canapé défoncé. C'est ce qu'il y a de plus esthétique, ces cheveux jaunes sur fond de gris pâle. Pourtant je dois admettre que je voulais me vanter de la posséder. Je voulais me pavaner à ses côtés, en recevoir des éclats, la pluie des débris de sa grandeur, ramasser ses miettes d'étoile. J'attendais qu'elle me contamine. Comme tous les complexés, j'étais avide de côtoyer le beau, de l'adorer comme un sacrement. Je jouissais de me balader dans les rues de Saint-Pét' avec une splendeur, dans le crépuscule laiteux. La tête des mecs qu'on croisait ! J'adorais leur détestation. Surtout celle des Français ! En regardant Lena ils tombaient mentalement à genoux, puis leurs yeux se tournaient vers moi qui la tenais par la main et alors ils souhaitaient ma mort. Le regard des autres me galvanisait quand j'ai essayé de lui faire l'amour dans la chambre 403 de l'Hotel Europe, en fin d'après-midi, après la promenade à Peterhof. C'est pour cela que je pense que les hommes qui aiment les jolies femmes sont tous pédés. Ils pensent aux yeux d'autres hommes quand ils les baisent. Quand on sort avec une très belle femme, on fait toujours l'amour à plus de deux. Tous les autres garçons fous d'elle sont aussi dans la chambre quand on la voit se dévêtir, et leur présence ajoute du piment à tous les gestes. Je les entendais murmurer : « Vas-y, Octave, prends-la de notre part. Fais-le pour tous ceux qui ne le feront jamais. En notre nom. » Oui, je faisais l'amour aux femmes en pensant à des hommes. Baudelaire s'est trompé : ce n'est pas le commerce des femmes intelligentes qui est un plaisir de pédéraste, c'est d'aimer les femmes les plus belles du monde. La voilà, l'explication de mon fiasco complet cette nuit-là : trop de pression. J'imaginais trois milliards d'hommes en train de me siffler. Je n'ai jamais autant transpiré de honte, et je n'avais aucun Viagra sur moi. Ce fut un désastre parfait.

— C'est con : j'avais envie de te faire l'amour pendant huit heures.

— Ah non, c'est trop long.

— T'as raison : huit minutes suffisent amplement. Quel dommage.

— N'insiste pas, c'est pas la peine.

— J'ai bu tellement de vodka aux benzodiazépines que je ne suis même plus saoul. Lena, maintenant je vais te dire ce que je pense vraiment.

— Je peux allumer une clope d'abord ?

— Karacho.

Elle alluma sa cigarette et la flamme de l'allumette fit ressembler ses yeux à une aurore boréale où j'oubliai complètement ce que je voulais lui dire. Quelque chose du genre : l'amour est la cause de dysfonctionnements techniques.

— Lena ?
— Mm ?
— J'arrive au bout de ma vie.
— Mm.
— C'est bientôt la fin.
— Mm.
— Je vais décéder.
— Mm.

— Lena, je suis quelqu'un de très malheureux qui s'entoure de beauté parce qu'il confond le beau et le bien.

— Ce n'est pas toi, c'est Platon qui confond ça. Ta tristesse te rend attirant et tu ne le sauras jamais. Pourquoi tu notes tout ce que je dis ?

— Je n'ai pas de mémoire. Voici ce que j'ai noté dans mon calepin : c'est mieux qu'on ne fasse pas l'amour parce que, vu ta sensualité fougueuse, je sens que ça aurait été extrêmement agréable et donc on aurait adoré baiser, on l'aurait fait tout le temps en hurlant et on aurait eu tellement de plaisir qu'on aurait risqué d'être heureux et alors là ça aurait été vraiment la merde.

Ses cheveux : cascade de blondeur, un incendie dans les draps. C'était comme si mon oreiller avait pris feu.

— You set my bed on fire.
— Éteins-moi.
— Il me manque ma combinaison en amiante et mon masque à gaz. Au secours !
— Pardon !

Pendant que je lui parlais, elle envoyait des textos à son mec. Il y avait de quoi se vexer mais avais-je le choix ? Le plus humiliant fut quand elle s'endormit pendant que je lui récitais le Cantique des Cantiques. Quand mes baisers dans son cou blanc l'ont réveillée, elle ne s'est pas débattue ni plainte, mais s'est laissé embrasser avec docilité, en ronronnant, comme un chat qui attend poliment qu'on lui fiche la paix. Jamais elle ne m'a concédé la moindre déclaration romantique, ni même la moindre allusion indirecte ou litote cornélienne (du genre « va, je ne te hais point »). Seulement, une fois, ce fameux soir où nous avons dormi ensemble, un soupir lui échappa au milieu de la nuit : « Je me sens bizarre... » Lena appartient à une génération qui s'interdit tellement d'aimer qu'elle en ignore jusqu'au verbe. L'amour est tellement mort qu'on préfère dire « je suis bizarre » plutôt que de risquer un « je t'aime », trop dangereux et galvaudé. Je m'en souviens précisément, elle a dit : « I feel weird », à la manière de Louis Jouvet chez Marcel Carné : « Vous avez dit bizarre ? comme c'est bizarre... » Il est vrai qu'au XXIe siècle, aimer est un drôle de drame.

5

Comment, mon startchestvo ? Certes, je te crois volontiers. Lorsque l'existence de Dieu te fut révélée, tu as compris que l'extase n'avait pas besoin d'être charnelle. Depuis qu'un matin tu as ressenti avec force que tu étais aimé de Lui, tu crois en d'autres formes d'orgasmes. Amen. Moi, je crois en Elle. Lena Doytcheva assise sur un banc, le menton levé vers la mer Baltique, sous la blancheur de la lumière zénithale. Si je ferme les yeux, je sens son parfum, et je pourrais m'évanouir. Sainte Lena fille de Dieu, priez pour nous pauvres pécheurs, maintenant et à l'heure de notre mort. Lena sylphide dans l'onde diaprée, sous la cascade bruissante entre les saules penchés respectueusement devant sa grâce. Sauve-moi de cet ange de la mort. Tu connais cette chanson d'Elvis qui s'appelle *The Devil in Disguise* ? Rends-moi ce service : convoque-la immédiatement. Si c'est toi qui l'appelles, elle viendra, j'en suis absolument certain. C'est ma seule revendication. Qu'elle arrive ici, et je repartirai en sa compagnie sans blesser quiconque. Je lui expliquerai que j'étais trop amoureux pour pouvoir la toucher. Elle comprendra ma pureté devant sa pureté.

La naïade est bénie entre toutes les femmes. Nous hélerons une voiture sous la neige, et je ne serai plus jamais abandonné. Nous vieillirons ensemble dans une maison lointaine, au bord d'un lac, avec un grand jardin où ce sera toujours l'été, sans que tombe le jour, jamais de septembre. Chez vous toutes les voitures sont des taxis : un inconnu nous fera disparaître parmi les peuplades oural-altaïques contre quelques roubles chiffonnés. Elle m'a parlé de Tachkent, je sais qu'elle veut vivre là-bas. Je lui ai dit que j'étais d'accord pour l'emmener dîner au restaurant Ouzbékistan, à condition de ne pas être obligé de manger du plov à tous les repas. Peu m'importe, je la suivrais même en Tchétchénie ! Karacho, mon père, j'attends ici, mais attention, mon doigt ne bougera pas de ce détonateur. Empêche-moi de tout faire sauter. Ma vie n'a plus d'importance, je suis défoncé, je te jure que je suis prêt au grand saut. Tu as cinq minutes. Spassiba, ô diacre suprême à la pilosité fournie. Tout est de ta faute : tu n'étais pas obligé de me donner accès à l'amour éternel.

6

Le prêtre étant parti, je peux me refaire un trait d'union.

(un silence de 300 secondes, le son de ma respiration pour seule compagnie)

Mes pensées en cette minute :

À la fin de la Bible, l'Apocalypse présente la fin des temps comme une bonne nouvelle. L'année 2005 fut la plus chaude depuis 12 000 ans : youpi. Bientôt Moscou sera au bord de la mer et l'on visitera Pétersbourg en bathyscaphe. Le Groenland s'allège d'au moins 100 milliards de tonnes par an. Je ne comprends pas pourquoi les Terriens redoutent tant la fonte du Groenland, la progression des déserts, le réchauffement de l'atmosphère, l'élévation du niveau des mers ou la déforestation amazonienne : ils devraient se réjouir d'assister au Salut de l'Histoire. Plus de 60 % des écosystèmes sont dégradés, la moitié des espèces de poissons vont disparaître des océans d'ici à un demi-siècle. Les émissions de gaz à effet de serre continuent d'augmenter, le nombre de cancers précoces et de malformations congénitales ne cesse de progresser, la fertilité est en baisse : l'humanité est en train de s'autodétruire. Le monde touche peut-être à sa fin mais ce n'est pas une catastrophe, puisque la fin est un début. (Dans ma jeunesse, l'Apocalypse était même le nom d'une boîte de nuit à Paris, rue du Colisée… Aujourd'hui elle s'appelle les Planches et la moyenne d'âge y est de quinze ans comme au System, le night-club d'Auschwitz. Si nos enfants savaient sur quelle Histoire ils dansent!) Notre mode de vie accélère le mouvement final et les lobbies pétroliers résistent au changement. Peut-être que les C.E.O. (Chief Executive Officers) des multinationales ont, comme moi, hâte d'assister à l'Apothéose Terminale. Ou bien :

Ils se vengent seulement
De n'avoir plus quinze ans.

7

Ah ! te revoilà enfin. J'étais sur le point de mettre fin à beaucoup de vies. Dont la mienne et la tienne. J'en aurais été navré – mais un cadavre broyé a-t-il le loisir d'être navré ? Tiens donc : il y a une bonne et une mauvaise nouvelle ?! Je préfère commencer par la bonne, au cas où nous mourrions avant la fin de ta phrase. La bonne nouvelle c'est que Lena arrive ! Merveilleux ! Batiouchka, je t'adore, je suis trop heureux, j'en tremble, le bonheur me fout les chocottes. Alleluia father ! J'aimerais tant que cette histoire finisse bien. La mauvaise nouvelle ? OK, les forces spéciales cernent les lieux. Je m'en doutais et on s'en fout. On connaît leur tactique : ils vont attendre que je m'endorme pour envoyer les armes chimiques et le commando « Spetsnaz » lanceur de grenades. Avec tout ce que je me suis mis dans le cornet, cela nous laisse une dizaine d'heures. Dieu te bénisse ! Je suppose qu'Il doit le faire régulièrement parce que tu le mérites. Lena arrive, je suis intimidé... Eh bien nous l'attendrons ensemble !

Il faut que je te raconte la seule nuit que j'ai passée avec elle. J'ai demandé à Lena ce qu'elle étudiait au lycée. Elle s'est mise à me parler de physique nucléaire en retirant ses bottes boueuses :

— Hier on a appris le paradoxe de Schrödinger.

— Ah oui ?

— Vous ne connaissez pas le chat de Schrödinger ?

— Non, et tu peux me tutoyer.

— C'est un truc qui date de 1935. Schrödinger imagine qu'on met un chat dans une boîte empoisonnée par la désintégration d'un noyau d'uranium. Il en conclut qu'un atome radioactif est une combinaison linéaire du chat mort et du chat vivant. On étudie ça en cours de physique.

Je savais que les Russes étaient plus érudits que les Français, je n'étais donc qu'à moitié surpris par ses connaissances du niveau d'un chercheur au CNRS. En me décrivant l'expérience de Schrödinger, elle défaisait un à un les boutons de son chemisier arc-bouté.

— Je ne comprends rien à la mécanique quantique... Lena, tu n'es pas obligée de te déshabiller, on peut juste prendre un verre et après je te ramène chez toi...

— Un atome n'a pas un état déterminé. À la fois il est excité, à la fois il est mort. C'est une combinaison linéaire des deux. Le macroscopique ne réagit pas comme le microscopique.

En prononçant ces mots,
Elle retira le haut.

Je les avais déjà vus en photographie mais à présent ils me sautaient aux yeux, avec leur blancheur, leur rondeur de planètes, leur défi princier à la pesanteur. Cette chair tendre, nue, arrondie, pureté suspendue à ce petit torse enfantin... je n'osais piteusement approcher pareil trésor rose, moelleux, chaud du bout de mes doigts.

— C'est incroyable comme ils sont fermes !

— S'ils ne l'étaient pas, à mon âge, ce serait embêtant !

Je me sentais en totale empathie avec le chat de Schrödinger, à la fois vivant et mort – fissuré. La femme-enfant prit ma main pour la poser sur le bourgeonnement de sa poitrine radioactive, et j'étais au paradis des décédés, au milieu de cette foule d'hommes qui m'encourageaient comme des électrons, tous les désirs masculins de toutes les rues jalouses du monde qui me tournaient autour en révolution et se concentraient dans ma main qui palpait, entourait, vibrait, frémissait, pinçait, tripotait les contours de la surface du cœur de la galaxie en fusion du mamelon. Le système solaire est un atome. Lena est le soleil. Jamais je n'ai autant miaulé que ce soir-là.

8

Je pourrais te parler de Lena au Fashion Lounge de Saint-Pét' en train d'aspirer la bouche de sa copine Louisa, de Lena au Moskva, le restaurant situé au sommet d'un immeuble, regardant le soleil incapable de se coucher sur le fleuve, de Lena sur le Zabava-boat, le bateau de table dancing qui tangue sous les échasses des strippeuses qu'elle mangeait des yeux, ou de Lena aux yeux grands comme le Palais d'Hiver, en peignoir, sortant de la salle de bains de mon hôtel, un verre de jus de pamplemousse à la main, se brossant les dents de l'autre, de Lena zappant sur le câble en petite culotte rose, ou de Lena écoutant *I Just Don't Know What to Do with Myself* (la reprise de Dusty Springfield par les White Stripes) en boucle sur son i-Pod et saisissant une olive dans une coupelle, entre le pouce et l'index, avant de la porter à ses lèvres et de recracher le noyau en me demandant pourquoi je reste planté là la bouche ouverte, ou la même scène avec son doigt dans le pot de confiture qui rentre dans sa bouche puis retourne dans la confiture puis revient se faire sucer, des gestes à vous rendre dingo, ou de la chambre de Lena, rue Grajdanskaya, avec tous ses produits de beauté ouverts, en désordre, car elle est incapable de revisser un bouchon ou de ranger un vêtement autrement qu'en le laissant traîner par terre, ou de Lena me demandant de prendre son pouls pour constater comme son cœur bat vite quand on se serre dans les bras jusqu'à frôler la suffocation, ou de Lena se mettant à parler russe en imitant une actrice porno : « Da da ebi menia kak blad ! mne nravitsa tvoy bolshoy francuzski xuy ! Trakhi minia kak suka ! Da, da ! » Car en se déshabillant, elle parlait anglais, mais elle prétendait ne jouir qu'en russe. Je n'ai pas (encore) eu le loisir de vérifier cette information. Elle n'avait pas besoin de s'épiler le sexe puisque ses poils n'avaient pas encore poussé. Elle avait, juste au-dessus de l'oreille, un fin duvet soyeux qui était peut-être l'endroit le plus doux du monde, j'y mettais mon nez et c'était comme de humer un poussin venant de naître.

— Octave, what is your favorite drug ?
— Sniffer tes cheveux.
— What ?
— Ta chevelure est l'endroit où j'aimerais être enterré.
— Tu es tombé amoureux de mon shampoing !
— Quel âge as-tu, Lena ?
— Quatorze ans mais j'en fais douze.
— Je suis un vampire qui se nourrit de ta jeunesse. Je ne peux pas t'aimer sans te détruire.

— Ô prince Vlad ! Bois mon sang de vierge en guise d'apéritif !

— Ne te moque pas. Dante est tombé amoureux d'une fille de treize ans. Et John Casablancas en a épousé une de quinze.

— Je sais. Mais qui c'est, Dante ?

— Celui qui a écrit *L'Enfer*.

— C'était un portrait de sa fiancée ?

— Très drôle. C'est bizarre que tu connaisses Kant et pas Dante.

— Je fais allemand seconde langue. Comment sais-tu que tu es amoureux ?

— J'ai tout le temps faim et jamais froid.

Je ne me souviens pas d'avoir autant pleuré quelqu'un.

Ah zut, mon pope en stock, rien que d'y repenser, voilà que je chiale, spassité izvinitié. Je ne savais pas que j'avais encore un cœur, mon père, comprends-moi, c'est toi qui m'as jeté dans ses bras. Nom de Dieu, entre aimer et être aimé, je préfère aimer. Qu'est-ce que c'est bon de souffrir ! Si tu n'as pas connu cela, je te plains. Ah ? Tu as connu cela à Paris… La serveuse, oui, je m'en souviens, bien sûr, mais je ne savais pas qu'elle était si importante à tes yeux… Pardon de pleurer comme ça, c'est ridicule. Il faut que je m'essuie avec la manche de ma veste car j'ai peur, si je prends un mouchoir, d'appuyer sur le détonateur sans le faire exprès, dans l'état où je suis j'en serais bien capable. Je ne t'ai pas raconté pourquoi

Lena s'est enfuie après avoir remporté le concours Aristo Style. Sergueï avait organisé une grande fête dans sa datcha noire et blanche aux baies vitrées ouvertes sur une piscine rouge. Mon erreur fut de l'y emmener.

9

— Accélère et le baril sera bientôt à 100 dollars !

Sergueï collectionnait les grosses voitures parce qu'elles consommaient son pétrole :

— Chaque fois que j'appuie sur l'accélérateur, je m'enrichis ! Plus le pétrole est rare, plus il augmente, et plus j'empoche. En Russie nous sommes passés directement des privations aux privatisations. Quand la planète se réchauffe, mon compte en Suisse aussi ! Brûle-moi ce putain de mother fucking carburant !

Tu le sais mieux que moi : à cause du communisme, il n'y a pas d'anciens riches en Russie, seulement des fortunes récentes, souvent distribuées par le pouvoir pour éviter que les grands groupes ne soient vendus aux Américains. Je te l'ai déjà dit : les plus jolies femmes du pays gravitent autour de ces quelques messieurs enrichis par la privatisation instantanée de l'industrie en 1990. C'eût donc été une faute professionnelle pour moi que de ne pas les fréquenter. Mais je dois ajouter que leur compagnie m'était très agréable. J'ai rarement vu des riches dépenser aussi bien leur argent. Lorsqu'on me présenta Sergueï Orlov, je ne pouvais évidemment pas deviner qu'il serait la cause de la disparition de Lena. C'était un homme trapu et vulgaire, mais fasciné par la littérature comme moi (il avait copié la véranda de sa maison sur celle de Tchekhov à Melikhovo), et tellement cynique qu'il en devenait hilarant. La première fois que nous avons discuté, il m'a dit :

— J'aime la Russie comme ma mère alcoolique.
— Ta mère est alcoolique ?
— Oui, mais je l'aime. Elle est saoule, elle boit jusqu'à se rouler par terre mais c'est ma mère ! J'aimerais m'en aller, comme Berezovski ou Abramovitch, mais je ne peux pas. Je suis incapable de vivre ailleurs que dans ce vieil endroit gelé et crade : mon putain de pays !

Il répétait tout le temps le mot « Positiv ».

— Je veux un truc positiv, une soirée positiv, sois positiv, essaie de me dire des choses positiv.

Il était convaincu que les Russes étaient le peuple le plus masochiste au monde, et qu'il était temps de changer sa mentalité. Il se voyait comme un gourou de la Russie du futur ; cette mission nouvelle comblait son désœuvrement d'homme d'affaires à l'abri du besoin pendant douze générations. Il était sincèrement persuadé qu'il allait débarrasser votre « Narod » (peuple) de cette culture du fatalisme. Comme tout hétérosexuel normal, il est tombé en pâmoison devant Lena, et je n'étais pas de taille à l'affronter. Il a plongé sur elle et son angélisme tellement « positiv ».

— Sweetheart, make my desires reality ! Oooo she so kicks ass ! Ne fais pas cette tête, Octave, tu sais à quoi on reconnaît que tu es un étranger ?

— Parce que je suis mieux sapé que toi ?

— Te vabchié ! (« Qu'est-ce que tu racontes ! ») Parce que tu bois de la vodka en dehors des repas et parce que tu t'arranges pour ne jamais régler la note.

— Mais c'est toi qui refuses tout le temps de me laisser payer !

— On n'a pas besoin de payer, ici tous les endroits où nous allons m'appartiennent.

Sergueï n'avait lancé cette conversation que pour glisser ce détail devant Lena.

<u>*Courte digression cokée sur l'oligarchie.*</u>
Les tycoons russes ne me dégoûtent pas plus que les français : je ne vois pas en quoi Roman Abramovitch serait moins fréquentable que Bernard Arnault. La Russie n'a pas le monopole des fortunes rapides aidées par l'État. L'ascension de François Pinault ne doit-elle pas autant au soutien du pouvoir que celle de Mikhail Khodorkovsky ? Pourtant seul le second croupit dans une geôle sibérienne radioactive à Krasnokamensk : ses 15 milliards de dollars ne l'ont pas protégé. C'est curieux, Khodorkovsky je l'ai connu chez Castel et à la Palette en 1989. Il importait des ordinateurs avec un de mes plus vieux camarades de fiesta : Michel Leborgne. Il roulait en Porsche, sa société Menatep était installée rue Mornay, dans nos fêtes on le traitait avec condescen-

dance, comme un popov grisâtre. À l'époque on croisait moins de Russes qu'aujourd'hui à Paris. L'autre, c'était Édouard Limonov, qui écrivait dans L'Idiot international*. J'ai toujours du mal à imaginer que les deux seuls Russkofs (à part toi, mon père) que j'ai connus dans les années quatre-vingt ont fini en taule pour avoir désobéi à Poutine, qui accessoirement posséderait 4 % de Gazprom (c'est-à-dire 4 % de 300 milliards de dollars, faites le calcul vous-même, je suis nul en maths et ne veux pas mourir tout de suite). Je me souviens de « Micha » Khodorkovsky avec ses fines lunettes métalliques et son visage sympathique de nerd soviétique, assis en terrasse rue de Seine devant un verre de blanc; il se morfond depuis le 22 septembre 2005 à coudre des pantoufles dans la colonie pénitentiaire YaG 14/10. Il n'aurait peut-être pas dû financer deux partis d'opposition (Iabloko et le SPS) mais depuis quand est-ce un crime? Il ne faut jamais croire ce que disent les journaux : que la Russie est devenue un pays démocratique, des balivernes comme ça... Nos deux pays se ressemblent : ils pleurent sur leur passé, car ils ont tenté de se convertir à l'économie de marché, chacun à leur façon, avant d'être rattrapés par la réalité. La France et la Russie sont liées parce que ce sont deux économies étatistes qui font semblant d'être modernes. Des entrepreneurs fortement dépendants des commandes de l'État possèdent les principaux médias, c'est la coutume dans nos contrées. En France, le constructeur Martin Bouygues possède la première chaîne de télévision, le marchand de missiles Arnaud Lagardère possède le plus grand groupe de presse européen, le fabricant de*

Rafale Serge Dassault s'est payé le Figaro. *En Russie, Gazprom a racheté le quotidien les* Izvestia, *le tabloïd* Komsomolskaïa Pravda, *la radio Écho de Moscou et la chaîne NTV ; un proche du conglomérat, le magnat de l'acier Alisher Ousmanov, s'est offert le quotidien* Kommersant. *Quant à Roman Abramovitch, il a compris le message de l'affaire Khodorkovsky : pas question de se fâcher avec Poutine, il a vendu sa compagnie pétrolière Sibneft à Gazprom sans barguigner. Mieux vaut se tourner les pouces sur des yachts que dans un cachot.*

Je me souviens qu'à l'arrière de sa jeep qui roulait sur la route des riches, Sergueï plastronnait :

— Au fond, les Français, vous êtes des sortes d'Ukrainiens : vous n'aimez la liberté qu'à condition qu'elle n'augmente pas votre note de gaz.

— Eh oh, doucement, la France est un grand pays riche.

— Trop rigolo ! Les filles, vous avez entendu ce qu'il a dit ? Hellooooo ! Octave, réveille-toi, j'ai des nouvelles pour toi : la France est UN PETIT PAYS PAUVRE ! Je vais te citer trois noms de grands pays riches : la Russie, la Chine, l'Inde, OK ? Vous les Français, vous continuez de nous prendre pour de pauvres mendiants alors que vous êtes endettés jusqu'au cou et que les réserves de cash de notre Banque centrale pourraient combler cinq fois votre déficit budgétaire. Bientôt c'est nous qui vous ferons l'aumône : on a déjà remboursé par anticipation 23 milliards de dollars au Club de Paris, bientôt on rachètera toutes vos sociétés qui fabriquent des avions et des magazines, on verra si on vous garde dans nos conseils d'administration, personnellement j'hésite mais j'aime bien vos vieux chauves, avec leurs noms à rallonge, ça fera chic sur mon BlackBerry Pearl... Allez, on ne vous virera pas tous, promis : vous êtes décoratifs.

Je n'insistais pas trop pour défendre ma patrie. À droite de la route on voyait le « luxury village » de Barvikha, le Neuilly de Moscou, avec son magasin de Ferrari. Après tout, la France était peut-être morte, comme tous les autres pays communistes.

— Depuis 1998, le PIB de la Russie a progressé de 6,8 % par an.

— Oui mais l'espérance de vie des hommes s'est effondrée de 3 ans. L'alcoolisme, les bagarres, les meurtres, les accidents de bagnole... En 2004, la Russie a perdu 800 000 personnes, soit l'équivalent d'une ville comme Marseille. Alors d'accord, la business class d'Aeroflot est bien plus luxueuse que celle d'Air France, mais votre État violent redistribue peu les richesses et vous ne faites pas d'enfants.

— C'est pour ça qu'on est riche !

— Vous êtes atroces avec les Tchétchènes. (Je disais cela plus fort pour que Lena joue les offusquées.) 200 000 tués sur 800 000 habitants.

— Imagine que les Corses prennent des écoles et des théâtres en otage. Le gouvernement français réagirait comment ?

— Mal, mais vous êtes plus racistes que nous... alors que vous avez davantage besoin d'immigrés, puisque votre population rétrécit.

— Ah oui ? Dans quel pays le Front national est-il à 20 % ? Je te signale que chez nous Jirinovski plafonne péniblement à 3 % des voix alors qu'on a 20 millions d'habitants musulmans !

De toute façon, personne ne contredisait Sergueï. Comme tous les potentats, il s'était habitué à pérorer sans être contredit. Je le laissais avoir le dernier mot à condition qu'il règle l'addition.

— Tu vois le stratagème ? L'échiquier mondial est renversé : les Américains soutiennent le prix du pétrole pour favoriser la Russie par rapport à la Chine. Tu comprends le truc ? Les États-Unis empruntent des centaines de milliards à la Chine pour acheter du pétrole arabe et le brûler en polluant l'atmosphère, tout ça pour nous renforcer ! C'est génial, non ?

Sergueï était plus drôle quand il me reprochait de fréquenter des femmes trop vieilles.

— Quel âge avait la dernière ? 22 ans ? Octave, arrête de faire n'importe quoi. À partir de maintenant, tu ne dois plus sortir qu'avec des vierges. Les vierges sont aussi des saintes, n'est-ce pas, dans la religion française ?

Sergueï ne couchait qu'avec des filles de quinze à dix-huit ans. Il avait une théorie contre la fidélité :

— C'est le mariage qui est la cause de tous les divorces. Sans la famille, il y aurait beaucoup moins de meurtres. Le désespoir des gens a une cause connue de tous : on continue de présenter le couple comme un modèle de bonheur, alors que le couple n'est plus vivable dans notre civilisation.

On continue de vendre un idéal impossible. Le monde en crève !

— N'empêche, Sergueï, on ne peut pas tous les soirs changer de femme. Il doit bien être possible de contrôler « l'infernal désir ». Saint Augustin y est arrivé.

— Mais c'était pour l'amour de Dieu.

— Bouddha y est arrivé.

— Il était obèse, il n'avait pas le choix, personne ne voulait de lui !

— Si les gens veulent tellement rester en couple, il y a bien une raison…

— La publicité. Le cinéma. La presse féminine. Les trois mettent en avant un modèle incroyablement réactionnaire, comme si les années soixante n'avaient jamais existé.

— Non. C'est l'amour. Les gens rêvent de faire tenir l'amour le plus longtemps possible. Il n'y a pas que le désir qui fasse durer un couple, même le sexe est meilleur quand on aime. Les femmes ne sont pas interchangeables. Cela existe, l'attachement progressif, le mystère d'un être qu'on croit connaître et qu'on ne connaîtra jamais, la joie de la complicité et de la découverte incessante, la profonde émotion d'un sentiment éternel. Remplacer chaque soir un corps nubile par un autre corps imberbe c'est s'engager dans une course absurde vers un plaisir de plus en plus furtif… C'est la route au crime. Ce n'est pas le mariage qui rend meurtrier mais la course à la jouissance. L'être humain a besoin de construire quelque chose à deux avec l'âme sœur…

Silence. Sergueï me dévisage, interloqué.

— Octave, tu déconnes, là ?

— Non, je suis sérieux. On peut mourir d'aimer.

— Tu penses vraiment ce que tu viens de dire ?

— HELLOOO ?! Ha ha ha t'as vu comment je t'ai fait marcher !!

— Salaud ! Enfoiré de Français ! Vous l'avez entendu, les filles, comment il a failli me coincer ce mother fucking francuski ?

Je ne pouvais pas résister longtemps au cynisme mondain, même si je n'y croyais plus. Un homme sincèrement amoureux, dans ce genre de virée, peut casser l'ambiance, et la dernière chose que je voulais était que Lena me voie comme un rabat-joie transi et gluant.

— Tu connais la différence entre le mariage et le divorce ? C'est qu'on ne fête son mariage qu'une fois alors qu'on fête son divorce tous les soirs !

— C'est pour ça que divorcer est beaucoup plus fatigant que de se marier.

— N'empêche que la fidélité est le seul moyen de baiser sans capote.

— Il y a aussi l'argent.

— À ce propos, pour les prochaines élections, tu vas devoir choisir ton camp entre le clan Abramovitch-Poutine et le clan Berezovski-Khodorkovsky ?

— FERME-LA, OCTAVE ! Sur la tête de Steven Seagal, il ne faut plus jamais prononcer ces noms en ma présence, OK ? (Il me chiffonnait la veste Prada de ses poings rougis et féroces.) Parlons d'autre chose, mon ami, sinon je te napalme.

On s'entendait bien avec Sergueï tant qu'on évitait de parler d'oléoducs percés et de politique intérieure. En règle générale, les riches russes n'aiment pas qu'on leur pose trop de questions : même à eux-mêmes ils évitent d'en poser. Comme beaucoup de milliardaires, il aimait s'entourer de mannequins débutants et de jet-setters étourdis, et vivait à 800 à l'heure comme si sa déportation sibérienne était prévue pour le lendemain matin. Quand on traversait Moscou à toute berzingue en 4 × 4 blindé, on était toujours suivi par une voiture de gardes du corps en battle-dress et une limousine pleine d'adolescentes défoncées. Je connectais mon i-Pod sur l'autoradio : je faisais office de DJ roulant (playlist : 2 Many DJ's, The Methadones, Prodigy, Justin Timberlake, Aerosmith et Abba). Je l'aidais vaguement à renouveler son cheptel d'orifices, mais il n'avait pas plus besoin de moi que moi de lui. C'est ainsi que naissent les plus solides amitiés. Nous jetions les clés des bagnoles à des voituriers en queue-de-pie, eux-mêmes encadrés par des videurs à oreillette et des physionomistes en tee-shirts noirs déformés par les holsters. Au début, les filles étaient impressionnées par le nombre d'armoires à glace qu'il nous fallait déplacer pour aller simplement dîner dans un restaurant nouvelle cuisine. Chaque fois qu'on entrait dans un hall couleur sable, Sergueï criait :

— Y a-t-il un fils de pute tchétchène dans la salle ? Viens voir ta maman, enculé !

Elles jouaient les effarouchées, choquées par le montant des pourboires lâchés par terre. Mais au bout de quelques jours, elles commandaient des jéroboams de Cristal à 20 000 euros la bouteille et touzaient sur le bateau comme les autres. Sergueï avait le souci du détail : à Saint-Tropez il possédait trois yachts, les deux plus petits servant à porter les projecteurs pour éclairer le gros. On faisait l'aller-retour en jet pour une nuit. Les filles s'habituaient vite à ce mode de vie. Je me souviens d'une qui disait :

— Je ne sors pas avec un mec dont le Price Earning Ratio est inférieur à 80.

Une autre, quand je lui demandais pour qui elle comptait voter à l'élection présidentielle de 2008, me répondit :

— J'adore Dior.

Allongées devant les tables basses enneigées du Shatush, de l'Opera Club ou du Seven, écoutant du *balkan groove*, elles comparaient la taille de leurs montres, critiquaient la clim' de l'avion, s'enrhumaient tout l'été. Elles s'accrochaient vite ; après il était toujours compliqué de s'en défaire.

— Encore une soupe avec du homard ! merde !

C'est fou comme certaines femmes se gâtent vite. La drogue leur fait perdre dix kilos en quinze jours, leurs joues se creusent, leurs seins se vident. Les visages roses virent au gris. Elles ne sourient plus, ou alors pire : elles sourient tout le temps avec de fausses dents phosphorescentes. On les voit se transformer progressivement en clochardes ; au milieu du dîner elles s'exclament : « Oh zut ! J'ai oublié mon chauffeur ! » Le champagne rosé les fait vomir dans les hélicoptères. Elles ont tort de devenir laides aussi vite, parce qu'alors on les vire sans les regretter.

Mon problème était que je sortais avec la mieux. Je me gardais bien d'en faire l'étalage mais du coup j'étais tout le temps effrayé par deux choses : qu'on me la pique ou qu'elle cesse d'être la mieux. Je surveillais tout le monde : les mecs menaçants et les concurrentes potentielles. J'ignore ce qui me faisait le plus peur : que Lena me quitte pour un autre, ou que Lena soit moins bien qu'une autre. J'étais constamment sur mes gardes. Ma vie n'était qu'une suite de regards écarquillés, de coups d'œil en biais. J'étais le petit ami de la mieux du monde, donc l'homme le plus méfiant de Russie. Je suis tellement influençable, mon père, c'est impossible à vivre. Je me souviens, une fois, d'une grande fille que je trouvais resplendissante. Vous savez, Tania, la fille de Nijni, je vous en ai parlé au début de l'année. Il avait suffi que deux potes me disent qu'elle était chevaline, avec trop de gencives et des pieds trop longs, et je ne lui avais plus jamais adressé la parole. Ce n'est pas moi qui décide d'aimer telle ou telle personne, j'ai toujours laissé les autres décider à ma place, depuis toujours. Je ne choisis rien, ni mon métier, ni ma femme. Je ne dis jamais non à personne, c'est trop difficile. Je me laisse porter parce que je ne veux jamais déplaire. Je suis plus proche du bouchon de liège que de l'être humain.

10

— Ladies and gentlemen, welcome to the Official Saint Petersburg's Aristo Style of the Moment Contest!

Le régisseur a éteint la salle pour donner envie au public d'applaudir. Backstage, les filles grelottaient de froid, se frottaient les bras mutuellement en attendant leur tour. Parfois leur mère ou leur tante leur pinçaient les joues pour leur donner bonne mine, ou remontaient leurs seins dans le body. Certaines filles avaient les yeux cernés pour avoir passé la nuit à picoler au Zabava ou à l'Oneguin ; elles seraient les premières éliminées. L'Ukrainien Omar Harfouch insistait pour virer toutes les filles qui mâchaient du chewing-gum. On a tous nos petites marottes. J'ordonnai à Lena de cracher discrètement dans ma main son Bubble Yum à l'abricot et de prendre un air dédaigneux en marchant droit comme sur un fil imaginaire. « Regarde loin, en cherchant l'horizon. Ne laisse jamais traîner tes mains, pose-les plutôt sur tes hanches, les bras ballants font ressembler à un orang-outang. Marche à grandes enjambées comme si tu étais la fille la plus heureuse qu'ils aient jamais vue. Attention aux pieds en canard, il vaut mieux les mettre un peu en dedans, ça fait fillette qui sort de l'école, tu plairas aux pédophiles, c'est bon pour l'applaudimètre, ils sont nombreux dans la salle. Be determined, be fierce. »

Des journalistes posaient des questions moyennement intéressantes : « Where do you come from ? » « How old are you ? » « Why do you want to become a model ? » (alors que la seule question qui vaille est : « What is your room number, angel ? »). La cérémonie se déroulait assez simplement : un premier passage habillées, un autre en bikini, les notations du jury, quelques commentaires salaces au micro, et l'affaire était pliée. Je n'ai même pas eu besoin de truquer la compétition : avec son innocence aussi affectée que sa nationalité, Lena s'est imposée haut la main, il n'y avait pas photo, si je puis dire (c'est tout de même l'un des jours de sa vie où elle fut photographiée le plus souvent). Je ne m'étais pas trompé car les jambes des femmes sont des compas plantés dans mon œil.

Après son élection, Lena m'a présenté sa mère, Olga, belle blonde d'une quarantaine d'années. J'avais l'impression de l'avoir déjà vue quelque part mais je n'ai pas eu le temps de lui parler, elle était trop émue par la victoire de sa fille, elle a éclaté en sanglots et disparu en coulisses. C'est alors que Sergueï est entré dans la loge, et a tout gâché en invitant Lena chez lui :
— Russian Federation ready for discussion !

Everybody, come to my house for huge party !
Allons enfants de la patrie, le jour de gloire est arrivé !

J'ai essayé de le contrer :

— On passe chez toi dix minutes mais après on repart…

— Impossible, tu es mon ami. Si tu viens, tu dois rester dix heures minimum.

Je me sentais comme un morceau de viande dans un bol de lagma (le lagma est une soupe ouzbèque à base de bouillon de chat et de nouilles flottantes). Mon ami encombrant me tendit un sachet blanc.

— Octave, colombian sodium !

11

Veux-tu danser le slow slave
Pénétrer dans mon enclave
À tes risques et périls
Regarder battre mes cils ?

Je suis russe et j'ai l'âme slave
Attirée par les épaves
Mon romantisme est perfide
Je suis cyclotimide.

J'aimerais lâcher du lest
Vivre une vie moins torride
Mais je viens des pays de l'Est
Tu n'es pas assez solide.

Elena Doytcheva
Lisant ceci, bâilla,
Mais « la nave va »…
Beaucoup plus tard, elle se maria.

12

Lena chambre 403 en shorty échancré et débardeur de coton rose :

— Alors comme ça tu veux vendre ma face à des fabricants de tumeurs ? C'est bizarre.

Moi : — Oui mais ils ne font pas que ça : ils fabriquent aussi des mélanomes, des métastases… Méfie-toi de L'Idiot, il va te séquestrer dans son usine de larmes ou te faire un enfant pour traire ton lait maternel. C'est lui qui revend les composants des cosmétiques antivieillissement à L'Idéal. C'est lui qui file le cancer à toutes les consommatrices de jeunesse éternelle.

Lena : — Mais pourquoi présentes-tu ta gagnante à ce détraqué ? Tu es sûr que tu m'aimes ?

Moi : — Oui mon amour.

Lena : — T'es sûr sûr ?

Moi : — Oui mon amour.

Lena : — Sûr sûr sûr ?

Moi : — Oui mon amour.

Lena : — Sûr sûr sûr sûr ?

Moi : — Ah ça non. Personne n'est sûr sûr sûr sûr, faut pas trop en demander. Ton visage peut sauver le monde occidental. Pour vendre, le Grand

Capital a besoin de tes yeux et de tes dents ! Tu peux aider l'Occident à dominer la planète pendant encore quelques mois ! Ta frange, tes lobes d'oreille, tes cils...

Lena : — Arrête de tomber amoureux de détails physiques ! Aime un esprit !

Moi : — Le beau et le bien c'est la même chose. Platon l'a dit dans le *Phèdre*.

Lena : — Je sais, c'est moi qui te l'ai dit.

Moi : — On a le visage que l'on mérite, même à 14 ans. Si ton physique me plaît, c'est parce que tout le reste aussi. Ton intelligence, ta bêtise, tes seins fermes comme s'ils étaient faux, ta détestable impatience, ton ambition qui empourpre tes joues, tes fesses qui pourraient rebondir par terre, ton amour des hommes insaisissables, tes yeux bleus et brillants, ta peau élastique, tout cela va ensemble. J'ai longtemps cru que le désir pouvait s'ordonner rationnellement, et qu'il fallait être attiré par la plus jolie fille du monde. Je me suis trompé : c'est l'inverse qui vient de m'arriver. Depuis que je t'ai rencontrée, avec tes ongles rognés et ta canine pointue, ta solitude adolescente, tes pieds recroquevillés et tes yeux excessifs, tes lectures solitaires et ta fossette sur la joue gauche, tu es devenue la plus jolie fille du monde. En matière de beauté, l'objectivité n'existe pas. Seule la subjectivité peut nous indiquer le chemin, avec tout ce qu'elle englobe : mes souvenirs, ton avenir, le monde et ses avions écrasés, une chanson que tu aimes, des pays traversés, ou qu'on traversera...

Lena : — Tu soupires très fort, c'est bizarre.

Moi : — Tu dis souvent « c'est bizarre ».

Lena : — C'est étrange.

Moi : — Arrête de mastiquer ton chewing-gum quand je tombe amoureux, c'est pénible à la fin. Si on faisait un enfant ?

Lena : — Non, tu es trop vieux ! Il ne profiterait pas assez longtemps de toi !

Moi : — Merci.

Elle caressait sa lèvre supérieure avec sa cuiller à café. Je l'ai fait rire en étalant de la mousse au chocolat sur mes dents. Elle était trop jolie pour avoir besoin de porter davantage qu'un tee-shirt blanc.

Moi : — Tu penses que tu m'aimeras un jour ?

Lena : — C'est long, l'amour, c'est du boulot… Tu cites Platon mais tu ne t'en souviens pas. Dans *Phèdre*, Lysias conseille de n'accorder nos faveurs qu'à ceux qui ne nous aiment pas.

Moi : — OK, je te déteste, je ne t'aimerai jamais !

Lena : — Trop tard !

Moi : — Exact. Je pense que tu es venue combler un vide dans mon cœur. Tu ne sais absolument pas à quel point tu es parfaite.

Lena : — Non, je ne sais pas… Il paraît… ça dépend… À quoi ça m'avance ? ça intimide les mecs les plus intéressants.

Moi : — Exact.

Mes billevesées ne la faisaient même plus sourire ; j'étais lourd (en France, une fille de son âge aurait dit « relou »). Dès notre arrivée à l'after chez Sergueï pour fêter sa victoire, j'ai compris que c'était foutu. La porte d'entrée avec système de reconnaissance digitale et vocale, l'œilleton électronique, les caméras vidéo de contrôle, les vigiles armés en haut des miradors : la résidence secondaire de Sergueï impressionnait la fausse Tchétchène. Elle faisait des trucs d'enfant amoureuse comme d'ouvrir la fenêtre de la voiture pour passer sa tête dans le vent, et je me répétais en buvant la vodka au goulot : « J'ai pas les épaules pour être avec une nana pareille. Pas les épaules. » Au bout de cinq minutes, elle s'est mise à parler russe avec L'Idiot et ses collègues de bureau ; la flamme des bougies dansait dans ses pupilles. J'étais devenu extérieur à sa vie. Ils parlaient ensemble dans la langue que je ne comprenais pas, elle le chauffait (peut-être pour me rendre jaloux, peut-être parce qu'elle pensait que cela m'exciterait, peut-être simplement parce qu'elle avait envie de son crâne chauve et de son sourire cruel). J'essayais d'avoir l'air détendu mais je bouillais intérieurement. J'étais prisonnier de cette fille qui m'échappait alors que c'était moi qui avais planifié son évasion. J'aurais dû marquer ma désapprobation mais j'étais une couille molle devant les puissances de l'argent : je suis même allé ouvrir une bouteille de Dom Ruinart comme un valet poltron. Je boudais stupidement dans mon coin, j'essayais de la rendre jalouse en massant le dos de quelques prostituées. J'étais patriotiquement et socialement redevenu un étranger et Lena m'oubliait davantage de seconde en seconde. Jamais je n'ai senti aussi nettement le temps passer : chaque instant m'éloignait d'elle, Sergueï m'effaçait à coups de blagues slaves. Elle portait une petite robe décolletée couleur chair, on ne voyait pas bien où commençait le tissu et où s'arrêtait la peau, c'était exaspérant. J'ai ressenti une montée de jalousie atroce, comme si je découvrais soudain le sens du mot abandon. J'ai bu plusieurs shots de vodka Putinka cul sec en espérant que l'alcool m'anesthésierait définitivement. Je titubais de douleur contenue et de haine froide. Je souriais comme un boxeur groggy qui vient d'encaisser une grêle de coups mais refuse de s'avouer KO. J'attendais le gong. Je ne pouvais tout de même pas tomber à genoux et lui dire « Lenotchka, je t'aime, partons d'ici ! » Et pourtant comme je regrette à présent de ne pas l'avoir fait par peur du ridicule. Mon Dieu, comme la peur du ridicule est ridicule ! J'avais honte de m'avouer amoureux devant mes copains bétaillers. Je snobais Lena, je la méprisais ouvertement, je lui manquais de respect pour paraître cool en public (mais dès que j'étais seul avec elle, j'étais liquéfié, je la fuyais comme Goethe devant Frédérique Brion). Sergueï m'insultait en russe : « nye sluchaïna » (« rien n'est dû au hasard », répétait-il), sa cour l'entourait, Lena s'éloignait de moi en se rapprochant de lui et je ne faisais rien pour l'en empêcher et elle ne faisait rien pour se défendre. Il l'entraîna dans le salon orgiaque, celui où les filles étaient toutes à genoux les seins nus. J'ai fermé les yeux pour contenir mes larmes de rage, et j'ai tourné les talons… Lena m'a demandé si je voulais rentrer. Je lui ai dit : « bonne nuit ». J'étais triste d'être triste, Lena était heureuse d'être triste. Le malentendu entre hommes et femmes s'accroît quand ils ne savent pas qu'ils s'aiment. J'ai refusé qu'elle voie mon émotion. Des cœurs brisés qui bombaient le torse, voilà ce qu'étaient devenus les hommes : des Valmont qui remplaçaient la perruque par un portable à oreillette Bluetooth. C'est la dernière fois que je l'ai vue. Par la fenêtre j'ai regardé les autres filles lui tenir les mains dans le dos, la déshabiller lascivement, lui embrasser la langue, la forcer à lécher les hommes de haut en bas. Sergueï donnait les instructions et elle s'exécutait docilement. Je regardais la scène en marchant à reculons. J'espérais qu'elle m'appellerait au secours mais elle se laissait faire. Ou bien elle m'a appelé au secours mais j'étais déjà trop loin, je ne l'entendais pas, je lui en voulais trop de m'avoir suivi, je détestais ma lâcheté, je voulais qu'elle me regrette, qu'elle me supplie : « Octave, emmène-moi, qu'est-ce qu'on fait là ? » mais elle se prêtait au jeu, langoureusement, elle se laissait aller, les yeux mi-clos. Elle ne pouvait pas m'appeler puisqu'ils utilisaient sa bouche. Peut-être aimait-elle qu'on lui intime des ordres ; peut-être que je n'avais jamais existé. La dernière image que j'ai d'elle : elle se baisse pour laper le bout des doigts de Sergueï en fermant les yeux. Dans le parc de la datcha, des liasses de billets de 500 dollars flottaient sur l'eau de la piscine. À quatre pattes les serveurs essayaient de récupérer les billets coincés dans la grille en plastique.

Dostoïevski était persuadé que la beauté sauverait le monde ; et si c'était au contraire la beauté qui le détruisait ? Dans « Nip/Tuck », un tueur en série dit que « la beauté est la malédiction de ce monde » (tandis que le docteur Troy baise une moche en lui enfilant un sac en papier sur la tête). Mon père, le moment où je te parle est très important : comme dans *Crime et Châtiment*, je peux décider d'appuyer sur ce bouton et de tout détruire, ou bien décider de ne pas le faire, et cette décision n'est pas seulement la mienne mais aussi la tienne, et celle de Lena, et celle de Dieu, peut-être, s'il daigne s'intéresser à nous. Si j'appuie là-dessus, je ne serai pas la seule cause de l'explosion, nous commettrons un crime collectif. Je suis pour la collectivisation des crimes. Je suis communiste.

13

Pas les épaules. J'ai su comment la soirée avait fini. Tout le monde était tellement bourré qu'ils se sont amusés à éventrer les oreillers. Après avoir jeté toutes les plumes d'oie en l'air, ils ont versé du miel sur les invitées avant de les rouler dans le duvet. L'orgie était devenue un poulailler à taille humaine. Il paraît que les femmes de ménage ont demandé une augmentation le lendemain. Lénine, reviens, ils sont devenus fous !

Un type comme Sergueï ne cherche pas la beauté, c'est bien pire : il cherche la nouveauté (comme Casanova : « la nouveauté est le tyran de mon âme »). Il veut un prénom de plus sur son tableau de chasse. Depuis mon départ de sa soirée, L'Idiot ne me protège plus. Il sait que je ne suis plus son ami. Ces gens-là détestent quiconque leur a rendu un service. Un ami qui vous présente une excellente productrice de larmes ne peut devenir qu'une chose : un ennemi. Je m'en fiche, c'est tout de même lui qui m'a appris à me servir des explosifs. Les fils électriques, le plastic, les détonateurs tous connectés par cellulaire, sérieusement, je lui dois une fière chandelle. Tu vois ? Si tout saute ici, ce sera grâce à lui. Il collectionne les armes à feu. Chez lui j'ai dégotté un véritable arsenal : uzis, grenades, bazookas, TNT... Quand le pouvoir vous distribue les industries nationales, il vous livre également de quoi les protéger, c'est bien le minimum s'il veut éviter que les usines ne retombent une fois de plus entre les mains du peuple, quand il se révoltera. Le soir où je me suis enfui pour entrer dans la clandestinité, je me suis servi dans sa cave à munitions, et j'ai volé un Hummer rempli d'explosifs. J'ai troqué Lena contre un camion digne de celui du *Salaire de la peur*. De quoi faire sauter ton « encrier fou » !

Lena va arriver... Je vais lui prendre la main et lui demander pardon comme si j'appelais à l'aide. Comprends-moi, mon starets, j'ai commis une grave erreur : je lui ai demandé de m'échapper, et elle m'a obéi ! Déjà, lors de notre promenade au Jardin d'Été, après notre affreuse première nuit ensemble, assis sur le banc et sous les chênes, j'avais voulu jouer au plus fin :

— Le jour où tu seras à moi je m'ennuierai et je te le ferai payer très cher.

— Ah bon ?

— Oui, je suis fabriqué comme ça. Je t'aimerai tant que tu ne m'aimeras pas.

— Mais pourquoi employer de si grands mots ? Vous êtes tout tremblant, calmez-vous...

Elle buvait la bière au goulot, les ongles bleus comme ses pupilles.

— Lena, est-ce que cela te dérangerait de ne plus me vouvoyer, s'il te plaît ?

— Mais je ne parle pas français !

— Oui... En anglais, le tutoiement et le vouvoiement existent et n'existent pas simultanément, comme le chat de Schrödinger.

— Vous êtes bizarre Octave. Vous me dites des choses romantiques alors que nous n'avons passé qu'une nuit ensemble.

— Une nuit peut durer plusieurs vies.

— Ce n'était pas réel.

— La réalité n'a aucun intérêt.

— Les contes de fées n'existent pas.

— Si, c'est même la seule chose vraie. Il faut avoir le courage de plonger dans ses rêves d'enfant. Croire en Perrault et Grimm comme on croit en Dieu et au Père Noël, croire en l'amour et au bonheur, au partage des richesses et en la justice universelle, au gouvernement mondial, en la Résurrection de la chair et en l'Immortalité de l'âme. Et aux ogres.

— Tu n'avais qu'à m'empêcher de dormir. J'ai aimé nos baisers, tu sais, je ne suis plus vierge depuis un an, je pourrais m'habituer à toi, j'ai même envie de vous connaître.

— Continue de m'échapper, ô créature étrange et familière. Crois-moi, c'est préférable pour nous deux.

— Très bien alors da svidania.

Elle s'est levée d'un bond, cela m'a fait tousser. Il existe sûrement des choses plus jolies mais je ne les connais pas. J'ai tourné la tête vers la cime des sapins, où une mouette bramait. Des morceaux de Saint-Pétersbourg se miraient, malgré l'eau limoneuse, dans l'étang du parc. Je l'ai rattrapée par le bras, un brin macho (je me prenais pour Michel Strogoff). Elle m'a regardé tristement.

— Tu es comme les autres hommes, il suffit que je m'en aille pour que vous me couriez après. Je suis déçue.

— Pas moi.

— Je ne suis pas comme toi : je peux aimer. I can love. You are just pretending.

Puis elle a ajouté quelque chose en français :

— Tu es sûr que tu veux que je te tutoie ?

J'ai baissé les yeux :

— Oui, je veux que tu me tues, toi.

Elle s'est laissé prendre par la main. Je me suis allongé sur le banc, elle s'est assise sur moi en amazone, les genoux serrés sous sa jupe courte, et j'ai compris qu'on pouvait aimer quelqu'un sans jamais relâcher sa main.

14

Je suis défoncé… Holy man, tu sais que je ne comprends toujours pas comment tu fais… Je ne vois absolument pas l'intérêt de faire autre chose que l'amour. Elle arrive quand ? Pourquoi ris-tu ? Mon père, ce n'est pas très gentil de te moquer de mes sentiments ! Pour une fois que je te confie quelque chose de beau, de grand, de supérieur, tu éclates d'un rire méprisant, c'est très désagréable, je pourrais me vexer et appuyer ici pour mettre fin à notre conversation… Si je me retiens de faire exploser ta cathédrale récente, c'est bien parce que j'attends Lena pour l'emmener au Ngoro Ngoro Crater Lodge, sous une hutte masaïe, pour réveiller les flamants roses au lever du soleil tanzanien. Comment ça, elle ne viendra pas ? Que dis-tu… la rue Daru ? On s'en fout de la rue Daru, je te parle d'amour, et de la femme de ma vie ! Je croyais que nous avions passé un accord : tu me rends Lena et je te rends ta cathédrale ! Quel rapport y a-t-il entre Lena Doytcheva et la rue Daru où je t'ai connu dans les années quatre-vingt-dix ? Comment ? La serveuse de l'épicerie russe ? Oui, eh bien quoi, elle était mignonne ton Olga, Olienka, je ne sais plus qui, OK j'ai un peu couché avec elle à l'époque, et alors ? Hein ? Elle s'appelait Olga comment ? NON. Doytcheva c'est impossible, c'est le nom de Len… Les dates ne correspondent pas. Attends… Olga c'était en… 1992… Non, tu me fais marcher. Tvaiumatj ! Non, ça ne peut pas être moi, dis-moi que tu déconnes, je m'en fous, je vais exiger un test ADN ! Mais comment as-tu pu me faire une chose pareille, ah tu le savais depuis le début hein, à Paris tu es tombé amoureux de sa mère et quatorze ans plus tard tu tiens ta vengeance, c'est pour ça que Lena me ressemble autant, inconsciemment je l'ai toujours su, tu voulais me rendre la foi en me conduisant à ma fille, OH MON DIEU C'EST TROP IGNOBLE ARRÊTE DE RIRE, TU ES LE DIA

Les équipes des pompiers moscovites ont abandonné les recherches de survivants au bout de quinze jours. Les soldats de l'armée russe ont déblayé les ruines pendant deux mois, une dizaine de pays avaient envoyé des troupes et du matériel pour les assister, les « French Doctors » et plusieurs cellules psychologiques d'urgence ont aidé à soigner et réconforter les nombreux blessés retrouvés par les chiens-loups et désincarcérés après l'effondrement. On dénombra 526 morts ou disparus, et 362 blessés. Le corps d'Octave Parango n'a jamais été formellement identifié.

Une rumeur a longtemps circulé dans la ville, selon laquelle plusieurs témoins avaient aperçu un individu correspondant à son signalement (un grand échalas barbu aux cheveux longs), qui s'était extirpé seul des décombres, miraculeusement indemne trois jours après la catastrophe, avait épousseté son veston loqueteux et enjambé les gravats avant de disparaître au volant d'un camion emprunté à la Croix-Rouge Internationale. Les recherches effectuées par la police et le FSB pour retrouver ce véhicule n'ont rien donné à ce jour. Les écoutes téléphoniques sur la ligne de sa fille naturelle Lena Doytcheva, le mannequin prétendument tchétchène sous contrat avec L'Idéal, n'ont pas davantage donné de résultats. La même rumeur affirme pourtant que le terroriste aurait rejoint la jeune femme à Tachkent, où elle s'est réfugiée avec son fiancé, le fameux snowboarder Vitaly Rostov, après le scandale. On raconte que la famille serait placée sous la protection des services secrets russes, l'attentat ayant favorisé l'accession au pouvoir de l'actuel gouvernement. Plusieurs journalistes qui enquêtaient sur les liens entre Oilneft et l'attentat sont morts dans les mois suivants. Ces élucubrations sont dénuées de fondement puisque le forcené a été officiellement déclaré disparu sous les décombres. L'enquête sur les responsabilités dans la destruction de la cathédrale du Christ-Sauveur de Moscou est close depuis le 20 avril dernier, date de l'élection de Sergueï Orlov, l'ancien PDG d'Oilneft, à la Présidence de la Russie, après une brève campagne fortement axée sur la défense des valeurs sécuritaires, nationales et chrétiennes.

D'autres personnes – les pauvres ! – prétendent que cette histoire est inventée de toutes pièces.

Moscou-Paris,
2005-2007.

« Si la leçon globale du XXe siècle ne sert pas de vaccin, l'immense ouragan pourrait bien se renouveler dans sa totalité. »

Alexandre SOLJENITSYNE.

Du même auteur :

MÉMOIRES D'UN JEUNE HOMME DÉRANGÉ, *roman*, La Table Ronde, 1990 ; « La Petite Vermillon », 2001.

VACANCES DANS LE COMA, *roman*, Grasset, 1994 ; Le Livre de Poche, 1996.

L'AMOUR DURE TROIS ANS, *roman*, Grasset, 1997 ; Le Livre de Poche, 2012.

NOUVELLES SOUS ECSTASY, L'Infini/Gallimard, 1999 ; Folio, n° 3401.

99 FRANCS (14,99 EUROS), *roman*, Grasset, 2000 (et 2002) ; 5,90 EUROS, Le Livre de Poche, 2015.

DERNIER INVENTAIRE AVANT LIQUIDATION, *essai*, Grasset, 2001 ; Le Livre de Poche, 2013.

WINDOWS ON THE WORLD, *roman*, Grasset, 2003 ; Le Livre de Poche, 2015.

JE CROIS, MOI NON PLUS *(dialogue avec Jean-Michel di Falco)*, Calmann-Lévy, 2004 ; Le Livre de Poche, 2005.

L'ÉGOÏSTE ROMANTIQUE, *roman*, Grasset, 2005 ; Folio, n° 4429.

UN ROMAN FRANÇAIS, *roman*, Grasset, 2009, prix Renaudot, Le Livre de Poche, 2010.

PREMIER BILAN APRÈS L'APOCALYPSE, Grasset, 2011.

OONA ET SALINGER, *roman*, Grasset, 2014 ; Le Livre de Poche, 2015.

LA TRILOGIE MARC MARRONNIER, Le Livre de Poche, 2015.

CONVERSATIONS D'UN ENFANT DU SIÈCLE, Grasset, 2015.

Le Livre de Poche s'engage pour l'environnement en réduisant l'empreinte carbone de ses livres. Celle de cet exemplaire est de :
300 g éq. CO₂
Rendez-vous sur
www.livredepoche-durable.fr

PAPIER À BASE DE
FIBRES CERTIFIÉES

Composition réalisée par PCA

Achevé d'imprimer en mai 2016, en France sur Presse Offset par
Maury Imprimeur – 45330 Malesherbes
N° d'imprimeur : 209284
Dépôt légal 1re publication : juin 2016
LIBRAIRIE GÉNÉRALE FRANÇAISE – 31, rue de Fleurus – 75278 Paris Cedex 06

30/5484/2